René Guénon

L'Ésotérisme de Dante

1925

JDH Éditions
Les Atemporels

Les Atemporels

Qu'il s'agisse d'œuvres du vingtième siècle, du dix-neuvième, du dix-huitième ou encore plus tôt…

Qu'il s'agisse d'essais, de récits, de romans, de pamphlets…

Ces œuvres ont marqué leur époque, leur contexte social, et elles sont encore structurantes dans la pensée et la société d'aujourd'hui.

La collection «Les Atemporels» de JDH Éditions, réunit un choix de ces œuvres qui ne vieillissent pas, qui ont une date de publication (indiquée sur la couverture) mais pas de date de péremption. Car elles seront encore lues et relues dans un siècle.

La plupart de ces atemporels sont préfacés par un auteur ou un penseur contemporain.

©2022. EDICO
Édition : JDH Éditions
77600 Bussy-Saint-Georges. France

Imprimé par BoD – Books on Demand, Norderstedt, Allemagne

Préface par Pénélope Morin

Réalisation graphique couverture : Cynthia Skorupa
Illustration couverture : *Rosa Celeste* de Gustave Doré

ISBN : 978-2-38127-233-7
ISSN : 2681-7616
Dépôt légal : janvier 2022

PRÉFACE

« Vivante, en effet, est la parole de Dieu, efficace et plus incisive qu'aucun glaive à deux tranchants, elle pénètre jusqu'au point de division de l'âme et de l'esprit, des articulations et des moelles, elle peut juger les sentiments et les pensées du cœur[1]. »

L'apaisement consiste à ne jamais mettre la main à l'épée... Si l'on te gifle, tends la joue, montre un autre visage, deviens qui tu es. Comment transformer, en soi, la haine en énergie créatrice, l'agressivité en bienveillance ; les tornades en vent dans les voiles, les guerres perpétuelles en paix durables, transmuter les défis religieux en extases mystiques ? La puissance des vérités temporelles purifie les religions en les poussant vers leur vraie nature : le spirituel.

En matière de violence, les sciences aussi ont rencontré Nagasaki.

Aimer consiste à reconnaître le divin chez l'Autre.

Le paradis, c'est les autres, mais nous ne cessons pas de le perdre, selon René Guénon, tels Philippe le Bel, lorsqu'il détruisit l'ordre du Temple et altéra les monnaies par avarice et cupidité, selon Dante Alighieri, le divin prince des poètes florentin qui prévient et protège, dès l'arsenal de Venise, le passant curieux.

Ce long itinéraire de la conversion, des flammes irritées de l'Enfer, aux lumières sereines du Paradis, ne diffère pas de celui que Dante développe dans la *Divine Comédie*. Tous sens confondus. L'une des intuitions profondes, jetées à foison dans cette œuvre grandiose, éclaire cruellement l'expérience qu'avouerait volontiers l'auteur de cette œuvre, récitée certes, mais aussi vécue par le voyageur de ce pèlerinage. Est-il le même ? Je ne sais pas, car abyssale s'ouvre la différence entre celui qui dit, raconte et parfois conseille et le chemineau qui avance sur la même route avec courage et trébuche souvent. Oui, comprendre plus et mieux ne fait pas avancer d'un pouce le pèlerin tout au long de cet itinéraire. Ce voyage ressemble à un exode plutôt qu'à une méthode, relatant la sortie d'Égypte par le peuple hébreu et sa traversée du désert avant d'arriver à la terre promise. Stérile et sec, le désert évoque le lieu où toute énergie vitale et mauvaise s'annule. De plus, les mêmes pages

---

[1] Saint Paul, *Épître aux Hébreux*, IV, 12.

font admirablement la distinction entre celui qui voit la carte pour la décrire et ceux qui marchent, assoiffés, parmi le stérile : sur la montagne, Dieu dit en effet à Moïse qu'il va lui faire voir le chemin et le pays de Canaan, mais qu'il ne l'atteindra jamais.

Mieux : Dante décrit le purgatoire comme le royaume de l'Esprit[2], seulement une étape, celle qui se limite à l'intelligence. Seule une métamorphose permet de la dépasser. Un saut périlleux, une mort, ou une résurrection ? En dessinant la carte du périple, je puis aligner indéfiniment des analyses fines qui réjouissent raison et entendement – et après ? ne cessais-je de me dire ; je n'en serai pas plus avancée. Brillante, l'intelligence se vante dans l'immanence ; elle n'aide en rien pour accéder à la transcendance par un passage, sas, col ou détroit, bien qu'isolée, elle ne peut trouver. Elle reste bloquée au purgatoire. Le savoir n'est qu'une purge. Lorsqu'il distingue l'ordre de l'esprit et celui de la charité, en les classant l'un à la suite de l'autre, en les différenciant infiniment, Pascal émit un jugement semblable. Le prince des savants, Archimède lui-même, n'accède point à l'ordre. Saint Anselme décrivait *fides quaerens intellectum*, la foi cherchant l'intelligence ; rien de plus aisé que cette quête. À l'inverse, l'intellect recherche la foi, voilà une immense aventure, un chemin bloqué ou infini que René Guénon entreprend de rendre intelligible au lecteur dès le premier chapitre.

René Girard propose avec raison cette conduite sacrificielle pour arrêter le déchaînement de violence. Mais cette solution, universelle, constante, reste périodique. Le lion se réveillera. En revanche, je n'ai pas, nous n'avons pas, il n'existe sans doute pas de solution pour son arrêt définitif. Hors de cette image commode et naïve, le lion réel ne fait point partie des bêtes domesticables ; il ne cessera de rugir, de chercher qui dévorer. Parmi le voyage, voilà l'obstacle, le mur, le manque, l'abîme infranchissable. Or, c'est justement sur ce manque, ce puits sans fond, ce *puteal*, ce point chaud, ce tombeau vide que s'élève, que se dresse l'axe de la transcendance. Dans le trou de l'horizontal se plante le vertical. En supplément du cycle de la Passion, de la mort et de la haine, par le miracle de la Résurrection, le chemin christique indique peut-être cette haute voie. Car il faut au moins un Divin sans borne, infini, pour nous aider à franchir cet abîme, cette absence de solution individuelle, collective, humaine sur le plan horizontal d'immanence... à la question de la violence persis-

---

[2] *Divine Comédie*, Dante Alighieri, Librairie de l'Art catholique, Paris, 1923.

tante, qui ne s'arrête pas, indéfinie. Un Dieu de colère et de vengeance ne ferait que la perpétuer ; un Dieu d'Amour l'éradiquerait à tout jamais. Or, collective ou politique, cette délivrance n'étant pas encore advenue, cette invocation reste une prière, comme une supplication, l'index aussi d'un chemin possible, espéré. Existe-t-il néanmoins un cas où l'individu, quant à lui, s'exonère de violence et de vulgarité ? Plusieurs. La sainteté pourrait justement se définir comme cet état de délivrance du mal qui ouvre une vie, des actes, sentiments et pensées toujours énergiques, jamais mal ou méchamment orientés. Les saints propagent la paix. Peut-on espérer que, nombreux, ils ouvriraient enfin une ère neuve de l'Histoire, une nouvelle Humanité ? Mieux encore : dans l'extase mystique, présente, active dans toutes les religions, donc universelle, la présence du Divin comble ceux qui la vivent d'une joie souveraine, parfaite, paisible, sauvant de tout mal, gracieuse.

Cet Amour qui meut le soleil et les autres étoiles de la conclusion renvoie au « centre divin » que René Guénon aborde dans le chapitre « Les trois mondes ». La prosodie et l'anagogie sont la musique des mots de Dante pour définir le sens que René Guénon nous aide à décoder. Charles-François Dupuis, dans son *Origine de tous les cultes*, avait abordé une grande partie du symbolisme zodiacal : « Les noms des douze tribus, écrits sur les douze portes, nous rappellent encore le système astrologique des Hébreux, qui avaient casé chacune de leurs tribus (castes…) sous un des signes célestes. Il n'y a dans tout cela que de l'astrologie liée au système des anges et des génies, adopté par les Chaldéens et les Perses, dont les Hébreux et les Chrétiens ont emprunté les théories. Il est même très possible que la légende bien connue des tribus perdues d'Israël n'ait eu d'autre raison que d'arriver au nombre zodiacal de 12, alors que le nombre réel des tribus était inférieur, voire même supérieur[3]. L'art a un rôle considérable à jouer dans la compréhension de l'Histoire et du Divin, sous réserve que les questions adressées au numérique soient aussi et indissolublement les questions que le numérique leur adresse[4].

L'énergie solaire est une énergie pure dans laquelle il n'y a pas de division, une fusion nucléaire, une osmose. C'est l'état d'unité pri-

---

[3] *L'énigme du zodiaque*, Jacques SADOUL, Éditions J'ai lu, 1973.
[4] *L'art numérique : Comment la technologie vient au monde de l'Art*, Edmond Couchot et Norbert Hillaire, Éditions Champs arts Flammarion Paris, 2003.

mordial de la source de toute vie. Elle est la conscience révélée dans la parentalité. Dans notre système planétaire, elle est la source génératrice de l'énergie première. L'énergie du Soleil est en chacun de nous et en chaque élément vivant du système solaire. Par ces vents puissants, le soleil transmet son énergie à tout le système et nul être vivant, quelle que soit sa forme de conscience, n'est étranger à son énergie. Sans son énergie, il n'y a pas de vie. Le soleil est le fait générateur premier de la vie.

Le soleil, représenté par un cercle, symbole de l'infini, symbole de la volonté qui peut grandir, se dilater, être susceptible de croissance, exactement comme nos forces physiques qui lui empruntent d'ailleurs leur vitalité.

Le Soleil est le maître du signe du Lion, l'Amour et la création.

Le Verbe divin s'exprime dans la Création et ceci est comparable, analogiquement et toutes proportions gardées, à la pensée s'exprimant dans des formes (il n'y a plus lieu ici de faire une distinction entre le langage et les symboles proprement dits) qui la voilent et la manifestent tout à la fois. La Révélation primordiale, œuvre du Verbe comme la Création, s'incorpore pour ainsi dire, elle aussi, dans des symboles qui se sont transmis d'âge en âge depuis les origines de l'humanité ; et ce processus est encore analogue, dans son ordre, à celui de la Création elle-même. D'autre part, ne peut-on pas voir, dans cette incorporation symbolique de la tradition « non humaine », une sorte d'image anticipée, de « préfiguration » de l'Incarnation du Verbe ? Et cela ne permet-il pas aussi d'apercevoir, dans une certaine mesure, le mystérieux rapport existant entre la Création et l'Incarnation qui en est le couronnement[5] ?

Le symbole du dragon n'est pas à prendre au sens littéral du mot, mais dans un sens physique, c'est la connaissance ésotérique de la signature énergétique de notre forme humaine divine et d'où nous venons tous.

Le temps n'est plus à comprendre l'Histoire, mais bien à la transcendance de l'Histoire pour nous faire vivre que nous sommes au-delà des histoires les plus merveilleuses comme les plus sordides qui sont en train de se vivre aujourd'hui sur cette Terre.

Sagesse – Force – Beauté

---

[5] René Guénon, « Le Verbe et le Symbole », *Regnabit*, janvier 1926.

Né à Blois, le 15 novembre 1886, enterré au Caire sous le nom d'Abd El-Wâhed Yahîâ en 1951, René Guénon est l'homme par qui le scandale arrive et le doute survient. Il dénonce la décadence de l'Occident moderne, fruit d'une lente dégénérescence de son héritage métaphysique, et se tourne, au grand dam des catholiques, vers l'Orient, devenu, selon lui, le refuge ultime de la Tradition. Cette dernière notion, centrale chez Guénon, élève toutes les traditions religieuses de l'Humanité au même niveau de transcendance tout en reconnaissant à chacune d'entre elles sa dimension spirituelle spécifique[6]. Un point de vue révolutionnaire dans les années 30. Dès lors, il appartient à l'individu de se déterminer spirituellement par un processus de connaissance graduée qui dépasse largement le seul exercice d'un rite religieux. C'est la voie ésotérique par essence, qui suscitera l'émergence à travers le monde d'innombrables « chapelles » initiatiques se réclamant de René Guénon, avec notamment les groupes soufis dirigés par Schuon, Vâlsan ou Pallavicini. Chose frappante, un lien inextricable s'est peu à peu tissé entre cette perspective ésotérique et l'horizon politique. En témoignent la spiritualité héroïque de Julius Evola dans l'Italie des années trente mais aussi les résonances guénoniennes que l'on découvre dans l'engagement politique de Simone Weil ou de Carl Schmitt.

Le respect des mémoires et des descendances en est la première pierre pour que toute causerie cosmopolite unifie les débats pour des vérités multiples et que la science politique soit science de vérités.

Les enfants et héritiers directs de René Guénon, Abdel Wahed, Khadiga et Leila, créèrent la Fondation René Guénon, dont le siège se tient au Caire en la demeure même qui fut celle de René Guénon : Villa Fatma, 4 rue Mohammed Ibrahim, 12311 Dokki Le Caire, Égypte.

Il faut qu'en nous s'accomplissent spirituellement les rites dont ces murailles ont été matériellement l'objet[7]…

---

[6] L'archéomètre, Saint Yves d'Alveydre, 2012, Véga Éditions.
[7] Saint Bernard de Clairvaux, *L'Art templier des Cathédrales : celtisme et tradition universelle*, Robert Graffinn Ed. JM Garnier, 1993.

Trouvons le temps de réfléchir, c'est la source de la force.
Trouvons le temps de jouer, c'est le secret de la jeunesse.
Trouvons le temps de lire, c'est la base du savoir.
Trouvons le temps d'être gentil, c'est le chemin du bonheur.
Trouvons le temps de rêver, c'est le sentier qui mène aux étoiles.
Trouvons le temps d'aimer, c'est la vraie joie de vivre.
Trouvons le temps d'être content, c'est la musique de l'âme.

Pénélope Morin

Bibliographie majeure de René Guenon

Introduction générale à l'étude des doctrines hindoues, Paris, Marcel Rivière, 1921

Le Théosophisme, histoire d'une pseudo-religion, Paris, Nouvelle Librairie Nationale, 1921

L'Erreur spirite, Paris, Marcel Rivière, 1923

Orient et Occident, Paris, Payot, 1924

L'Ésotérisme de Dante, Paris, Ch. Bosse, 1925

L'Homme et son devenir selon le Vêdânta, Paris, Bossard, 1925

Le Roi du monde, Paris, Ch. Bosse, 1927

La Crise du monde moderne, Paris, Bossard, 1927 (puis chez Gallimard en 1946)

Autorité spirituelle et pouvoir temporel, Paris, Vrin, 1929

Le Symbolisme de la Croix, Paris, L'Anneau d'or (Véga), 1931

Les États multiples de l'être, Paris, L'Anneau d'or (Véga), 1932

La Métaphysique orientale, Paris, Éditions traditionnelles, 1939

Le Règne de la Quantité et les Signes des Temps, Paris, Gallimard, 1945

Les Principes du Calcul infinitésimal, Gallimard, 1946

Aperçus sur l'Initiation, Paris, Éditions Traditionnelles, 1946

La Grande Triade, Paris, Gallimard, 1946

CHAPITRE I
SENS APPARENT ET SENS CACHÉ

Ovoi che avete gl'intelleti sani,
Mirate la dottrina che s'asconde
Sotto il velame delli versi strani !

Par ces mots[8], Dante indique d'une façon fort explicite qu'il y a dans son œuvre un sens caché, proprement doctrinal, dont le sens extérieur et apparent n'est qu'un voile, et qui doit être recherché par ceux qui sont capables de le pénétrer. Ailleurs, le poète va plus loin encore, puisqu'il déclare que toutes les écritures, et non pas seulement les écritures sacrées, peuvent se comprendre et doivent s'exprimer principalement suivant quatre sens : « si possono intenderee debbonsi sponere massimamente per quattro sensi[9] ». Il est évident, d'ailleurs, que ces significations diverses ne peuvent en aucun cas se détruire ou s'opposer, mais qu'elles doivent au contraire se compléter et s'harmoniser comme les parties d'un même tout, comme les éléments constitutifs d'une synthèse unique.

Ainsi, que la *Divine Comédie*, dans son ensemble, puisse s'interpréter en plusieurs sens, c'est là une chose qui ne peut faire aucun doute, puisque nous avons à cet égard le témoignage même de son auteur, assurément mieux qualifié que tout autre pour nous renseigner sur ses propres intentions. La difficulté commence seulement lorsqu'il s'agit de déterminer ces différentes significations, surtout les plus élevées ou les plus profondes, et c'est là aussi que commencent tout naturellement les divergences de vues entre les commentateurs. Ceux-ci s'accordent généralement à reconnaître, sous le sens littéral du récit poétique, un sens philosophique, ou plutôt philosophico-théologique, et aussi un sens politique et social ; mais, avec le sens littéral lui-même, cela ne fait encore que trois, et Dante nous avertit d'en chercher quatre ; quel est donc le quatrième ? Pour nous, ce ne peut être qu'un sens proprement initiatique, métaphysique en son essence, et auquel se rattachent de multiples données qui, sans être toutes d'ordre purement métaphysique, présentent un caractère également ésotérique. C'est précisément

---
[8] *Inferno*, IX, 61-63.
[9] *Convito*, t. II, ch. 1er.

en raison de ce caractère que ce sens profond a complètement échappé à la plupart des commentateurs ; et pourtant, si on l'ignore ou si on le méconnaît, les autres sens eux-mêmes ne peuvent être saisis que partiellement, parce qu'il est comme leur principe, en lequel se coordonne et s'unifie leur multiplicité.

Ceux mêmes qui ont entrevu ce côté ésotérique de l'œuvre de Dante ont commis bien des méprises quant à sa véritable nature, parce que le plus souvent, la compréhension réelle de ces choses leur faisait défaut, et parce que leur interprétation fut affectée par des préjugés qu'il leur était impossible d'écarter. C'est ainsi que Rossetti et Aroux, qui furent parmi les premiers à signaler l'existence de cet ésotérisme, crurent pouvoir conclure à «l'hérésie» de Dante, sans se rendre compte que c'était là mêler des considérations se rapportant à des domaines tout à faits différents ; c'est que, s'ils savaient certaines choses, il en est beaucoup d'autres qu'ils ignoraient, et que nous allons essayer d'indiquer, sans avoir aucunement la prétention de donner un exposé complet d'un sujet qui semble vraiment inépuisable.

La question, pour Aroux, s'est posée ainsi : Dante fut-il catholique ou albigeois ? Pour d'autres, elle semble plutôt se poser en ces termes : fut-il chrétien ou païen[10] ? Pour notre part, nous ne pensons pas qu'il faille se placer à un tel point de vue, car l'ésotérisme véritable est tout autre chose que la religion extérieure, et, s'il a quelques rapports avec celle-ci, ce ne peut être qu'en tant qu'il trouve dans les formes religieuses un mode d'expression symbolique ; peu importe, d'ailleurs, que ces formes soient celles de telle ou telle religion, puisque ce dont il s'agit est l'unité doctrinale essentielle qui se dissimule derrière leur apparente diversité. C'est pourquoi les anciens initiés participaient indistinctement à tous les cultes extérieurs, suivant les coutumes établies dans les divers pays où il se trouvaient ; et c'est aussi parce qu'il voyait cette unité fondamentale, et non par l'effet d'un « syncrétisme » superficiel, que Dante a employé indifféremment, selon les cas, un langage emprunté soit au christianisme, soit à l'antiquité gréco-romaine. La métaphysique pure n'est ni païenne ni chrétienne, elle est universelle ; les mystères antiques n'étaient pas du

---

[10] Cf. Arturo Reghini, l'*Allegoria esoterica di Dante*, dans le *Nuovo Patto*, septembre-novembre 1921, pp.

paganisme, mais ils se superposaient à celui-ci[11] ; et de même, au moyen âge, il y eut des organisations dont le caractère était initiatique et non religieux, mais qui prenaient leur base dans le catholicisme. Si Dante a appartenu à certaines de ces organisations, comme cela nous semble incontestable, ce n'est donc point une raison pour le déclarer « hérétique » ; ceux qui pensent ainsi se font du moyen âge une idée fausse ou incomplète, ils n'en voient pour ainsi dire que l'extérieur, parce que, pour tout le reste, il n'est plus rien dans le monde moderne qui puisse leur servir de terme de comparaison.

Si tel fut le caractère réel de toutes les organisations initiatiques, il n'y eut que deux cas où l'accusation d'« hérésie » pu être portée contre certaines d'entre elles ou contre quelques-uns de leurs membres, et cela pour cacher d'autres griefs beaucoup mieux fondés ou tout au moins plus vrais, mais qui ne pouvaient être formulés ouvertement. Le premier de ces deux cases celui où certains initiés ont pu se livrer à des divulgations inopportunes, risquant de jeter le trouble dans les esprits non préparés à la connaissance des vérités supérieures, et aussi de provoquer des désordres au point de vue social ; les auteurs de semblables divulgations avaientle tort de créer eux-mêmes une confusion entre les deux ordres ésotérique et exotérique, confusion qui, en somme, justifiait suffisamment le reproche d'« hérésie » ; et ce cas s'est présenté à diverses reprises dans l'Islam[12], où pourtant les écoles ésotériques ne rencontrent normalement aucune hostilité de la part des autorités religieuses et juridiques qui représentent l'exotérisme. Quant au second cas, c'est celui où la même accusation fut simplement prise comme prétexte par un pouvoir politique pour ruiner des adversaires qu'il estimait plus redoutables qu'ils étaient plus difficiles à atteindre par les moyens ordinaires ; la destruction de l'Ordre du Temple en est l'exemple le plus célèbre, et cet évènement a un rapport direct avec lesujet de la présente étude.

---

[11] Nous devons même dire que nous préférerions un autre mot à celui de « paganisme », imposé par un long usage, mais qui ne fut, à l'origine, qu'un terme de mépris appliqué à la religion gréco-romaine lorsque celle-ci, au dernier degré de sa décadence, se trouva réduite à l'état de simple « superstition » populaire.

[12] Nous faisons notamment allusion à l'exemple célèbre d'El-Hallâj, mis à mort à Baghdad en l'an 309 de l'Hégire (921 de l'ère chrétienne), et dont la mémoire est vénérée par ceux-là même qui estiment qu'il fut condamné justement pour ses divulgations imprudentes.

CHAPITRE II
LA « FEDE SANTA »

Au musée de Vienne se trouvent deux médailles dont l'une représente Dante et l'autre le peintre Pierre de Pise ; toutes deux portent au revers les lettres F.S.K.I.P.F.T., qu'Aroux interprète ainsi : *Frater Sacrae Kadosch, Imperialis Principatus, Frater Templarius*. Pour les trois premières lettres, cette interprétation est manifestement incorrecte et ne donne pas un sens intelligible ; nous pensons qu'il faut lire *Fidei Sanctae Kadosch*. L'association de la *Fede Santa*, dont Dante semble avoir été l'un des chefs, était un Tiers-Ordre de la filiation templière, ce qui justifie l'appellation *Frater Templarius* ; et ses dignitaires portaient le titre de *Kadosch*, mot hébreu qui signifie « saint » ou « consacré », et qui s'est conservé jusqu'à nos jours dans les hauts grades de la Maçonnerie. On voit déjà par là que ce n'est pas sans raison que Dante prend comme guide, pour la fin de son voyage céleste[13], saint Bernard, qui établit la règle de l'Ordre du Temple ; et il semble avoir voulu indiquer ainsi que c'était seulement par le moyen de celui-ci qu'il s'est rendu possible, dans les conditions propres à son époque, l'accès au suprême degré de la hiérarchie spirituelle.

Quant à l'*Imperialis Principatus*, on ne doit peut-être pas, pour l'expliquer, se borner à considérer le rôle politique de Dante, qui montre que les organisations auxquelles il appartenait étaient alors favorables au pouvoir impérial ; il faut remarquer en outre que le « Saint-Empire » a une signification symbolique, et qu'aujourd'hui encore, dans la Maçonnerie écossaise, les membres des Suprêmes Conseils sont qualifiés de dignitaires du Saint-Empire, tandis que le titre de « Prince » entre dans les dénominations d'un assez grand nombre de grades. De plus, les chefs de différentes organisations d'origine rosicrucienne, à partir du XVIème siècle, ont porté le titre d'*Imperator* ; il y a des raisons de penser que la *Fede Santa*, au temps de Dante, présentait certaines analogies avec ce que fut plus tard la « Fraternité de la Rose-Croix », si même celle-ci n'est pas plus ou moins directement dérivée de celle-là.

---

[13] *Paradiso*, XXXI. – Le mot *contemplante*, par lequel Dante désigne ensuite Saint Bernard (*id.*, XXXII, 1), paraît offrir un double sens, à cause de sa parenté avec la désignation même du *Temple*.

Nous allons encore trouver bien d'autres rapprochements du même genre, et Aroux lui-même en a signalé un assez grand nombre ; un des points essentiels qu'il a bien mis en lumière, sans peut-être en tirer toutes les conséquences qu'il comporte, c'est la signification des diverses régions symboliques décrites par Dante, et plus particulièrement celle des « cieux ». Ce que figurent ces régions, en effet, ce sont en réalité autant d'états différents, et les cieux sont proprement des « hiérarchies spirituelles », c'est-à-dire des degrés d'initiation ; il y aurait, sous ce rapport, une concordance intéressante à établir entre la conception de Dante et celle de Swedenborg, sans parler de certaines théories de la Kabbale hébraïque et surtout de l'ésotérisme islamique. Dante lui-même a donné à cet égard une indication qui est digne de remarque : « A vedere quello che per terzo cielo s'intende... dico che per *cielo* intendo la scienza e per *cieli* le scienze[14]. » Mais quelles sont au juste ces sciences qu'il faut entendre par la désignation symbolique de « cieux », et faut-il voir là une allusion aux « sept arts libéraux », dont Dante, comme tous ses contemporains, fait si souvent mention par ailleurs ? Ce qui donne à penser qu'il doit en être ainsi, c'est que suivant Aroux, « les *Cathares* avaient, dès le XIIème siècle, des signes de reconnaissance, des mots de passe, une doctrine astrologique : ils faisaient leurs initiations à l'équinoxe de printemps ; leur système scientifique était fondé sur la doctrine des correspondances : à la Lune correspondait la Grammaire, à Mercure la Dialectique, à Vénus la Rhétorique, à Mars la Musique, à Jupiter la Géométrie, à Saturne l'Astronomie, au Soleil l'Arithmétique ou la Raison illuminée ». Ainsi, aux sept sphères planétaires, qui sont les sept premiers des neufs cieux de Dante, correspondaient respectivement les sept arts libéraux, précisément les mêmes dont nous voyons aussi les noms figurer sur les sept échelons du montant de gauche de l'*Échelle des Kadosch* (30ème degré de la Maçonnerie écossaise). L'ordre ascendant, dans ce dernier cas, ne diffère du précédent que par l'intervention, d'une part, de la Rhétorique et de la Logique (qui est substituée ici à la Dialectique), et, d'autre part, de la Géométrie et de la Musique, et aussi en ce que la science qui correspond au Soleil, l'Arithmétique, occupe le rang qui revient normalement à cet astre dans l'ordre astrologique des planètes, c'est-à-dire le quatrième, milieu du septénaire, tandis que les *Cathares* la plaçaient au plus haut échelon de leur *Échelle mystique*, comme Dante le fait pour sa correspondante du montant de droite, la

---

[14] *Convito*, t. II, ch. XIV.

Foi (*Emounah*), c'est-à-dire cette mystérieuse *Fede Santa* dont lui-même était *Kadosch*[15].

Cependant, une remarque s'impose encore à ce sujet : comment se fait-il que des correspondances de cette sorte, qui en font de véritables degrés initiatiques, aient été attribuées aux arts libéraux, qui étaient enseignés publiquement et officiellement dans toutes les écoles ? Nous pensons qu'il devait y avoir deux façons de les envisager, l'une exotérique et l'autre ésotérique : à toute science profane peut se superposer une autre science qui se rapporte ; si l'on veut, au même objet, mais qui les considère sous un point de vue plus profond, et qui est à cette science profane ce que les sens supérieurs des écritures sont à leur sens littéral. On pourrait dire encore que les sciences extérieures fournissent un mode d'expression pour des vérités supérieures, parce qu'elles-mêmes ne sont que le symbole de quelque chose qui est d'un autre ordre, parce que, comme l'a dit Platon, le sensible n'est qu'un reflet de l'intelligible ; les phénomènes de la nature et les événements de l'histoire ont tous une valeur symbolique, en ce qu'ils expriment quelque chose des principes dont ils dépendent, dont ils sont des conséquences plus ou moins éloignées. Ainsi, toute science et tout art peut, par une transposition convenable, prendre une véritable valeur ésotérique ; pourquoi les expressions tirées des arts libéraux n'auraient-elles pas joué, dans les initiations du moyen âge, un rôle comparable à celui que le langage emprunté à l'art des constructeurs joue dans la Maçonnerie spéculative ? Et nous irons plus loin : envisager les choses de cette façon, c'est en somme les ramener à leur principe ; ce point de vue est donc inhérent à leur essence même, et non point surajouté accidentellement ; et, s'il en est ainsi, la tradition qui s'y rapporte ne pourrait-elle remonter à l'origine même des sciences et des arts, tandis que le point de vue exclusivement profane ne serait qu'un point de vue tout moderne, résultant de l'oubli général de cette tradition ? Nous ne pouvons traiter ici cette question avec tous les développements qu'elle comporterait ; mais voyons en quels termes Dante lui-même indique, dans le commentaire qu'il donne de la première *Canzone*, la façon dont il applique à son œuvre les règles de quelques-uns des arts libéraux : « O uomini, che vedere non potete la sentenza di questa

---

[15] Sur *L'échelle mystérieuse des Kadosch*, dont il sera encore question plus loin, voir le *Manuel maçonnique* du F... Vuilliaume, pl. XVI et pp. 213-214. Nous citons cet ouvrage d'après la 2ᵉ édition (1830).

Canzone, non la rifiutate pero; ma ponete mente alla sua bellazza, che è grande, sì per *costruzione*, la quale si pertiene alli *grammatici;* sì per l'*ordine del sermone*, che si pertiene alli *rettorici;* si per lo *numero delle sue parti*, che si pertiene alli *musici*[16]. » Dans cette façon d'envisager la musique en relation avec le nombre, donc comme science du rythme dans toutes ces correspondances, ne peut-on reconnaître un écho de la tradition pythagoricienne ? Et n'est-ce pas cette même tradition, précisément, qui permet de comprendre le rôle « solaire » attribué à l'arithmétique, dont elle fait le centre commun de toutes les autres sciences, et aussi les rapports qui unissent celles-ci entre elles, et spécialement la musique avec la géométrie, par la connaissance des proportions dans les formes (qui trouve son application directe dans l'architecture), et avec l'astronomie, par celle de l'harmonie des sphères célestes ? Nous verrons assez, par la suite, quelle importance fondamentale a le symbolisme des nombres dans l'œuvre de Dante ; et, si ce symbolisme n'est pas uniquement pythagoricien, s'il se trouve dans d'autres doctrines pour la simple raison que la vérité est une, il n'en est pas moins permis de penser que, de Pythagore à Virgile et de Virgile à Dante, la « chaîne de la tradition » ne fut sans doute pas rompue sur la terre d'Italie.

---

[16] Voici la traduction de ce texte : «O hommes qui ne pouvez voir le sens de cette *Canzone*, ne la rejetez pourtant pas ; mais faites attention à sa beauté, qui est grande, soit pour la *construction*, ce qui concerne les *grammairiens ;* soit pour l'*ordre du discours*, ce qui concerne les *rhétoriciens ;* soit pour le *nombre de ses parties*, ce qui concerne les musiciens.»

CHAPITRE III
RAPPROCHEMENTS MAÇONNIQUES ET HERMÉTIQUES

Des considérations générales que nous venons d'exposer, il nous faut revenir à ces singuliers rapprochements qu'a signalés Aroux, et auxquels nous faisions allusion plus haut[17] : « L'*Enfer* représente le *monde profane*, le *Purgatoire* comprend les *épreuves initiatiques*, et le Ciel est le séjour des Parfaits, chez qui se trouvent réunis et portés à leur zénith l'intelligence et l'amour… La ronde céleste que décrit Dante[18] commence aux *alti Serafini*, qui sont les *Principi celesti*, et finit aux derniers rangs du Ciel. Or il se trouve que certains dignitaires inférieurs de la Maçonnerie écossaise, qui prétend remonter aux Templiers, et dont Zerbino, le prince écossais, l'amant d'Isabelle de Galice, est la personnification dans l'*Orlando Furioso* de l'Arioste, s'intitulent également princes, *Princes de Mercy;* que leur assemblée ou chapitre se nomme le *Troisième Ciel;* qu'ils ont pour symbole un *Palladium*, ou statue de la *Vérité*, revêtue comme Béatrice des trois couleurs *verte, blanche et rouge*[19] *;* que leur Vénérable (dont le titre est *Prince très excellent*), portant une flèche en main et sur la poitrine un cœur dans un triangle[20], et une personnification de l'*Amour;* que le nombre mystérieux de *neuf*, dont "Béatrice est particulièrement aimée", Béatrice "qu'il faut appeler Amour", dit Dante dans la *Vita Nuova*, est aussi affectée à ce Vénérable, entouré de neuf colonnes, de neuf flambeaux à neuf branches et à neuf lumières, âgé enfin de 81 ans, multiple (ou

---

[17] Nous citons le résumé des travaux d'Aroux qui a été donné par Sédir, *Histoire des Rose-Croix*, pp. 16-20 ; 2ᵉ édition, pp.13-17. Les titres des ouvrages d'Aroux sont : *Dante hérétique, révolutionnaire et socialiste* (publié en 1854 et réédité 1939) et *La Comédie de Dante, traduite en vers selon la lettre et commentée selon l'esprit, suivie de la Clef du langage symbolique des Fidèles d'Amour* (1856-1857).
[18] *Paradiso*, VIII.
[19] Il est au moins curieux que ces trois mêmes couleurs soient devenues précisément, dans les temps modernes, les couleurs nationales de l'Italie ; on attribue d'ailleurs assez généralement à celles-ci une origine maçonnique, bien qu'il soit assez difficile de savoir d'où l'idée a pu en être tirée directement.
[20] À ces signes distinctifs, il faut ajouter « une couronne à pointes de flèches en or ».

plus exactement carré) de neuf, quand Béatrice est censée mourir dans la quatre-vingt-unième année du siècle[21]. »

Ce grade de *Prince de Mercy*, ou *Écossais Trinitaire*, est le 26ème du Rite Écossais ; voici ce qu'en dit le F. : Bouilly, dans son *Explication des douze grades philosophiques du Rite Écossais dit Ancien et Accepté* (du 19e au 30e) : « Ce grade est, selon nous, le plus inextricable de tous ceux qui composent cette savante catégorie : aussi prend-il le surnom d'*Écossais Trinitaire*[22]. Tout, en effet, offre dans cette allégorie l'emblème de la Trinité : ce fond à trois couleurs [vert, blanc et rouge], au bas de cette figure de la *Vérité*, partout enfin cet indice du *Grand Œuvre de la Nature* [aux phases duquel font allusion les trois couleurs], des éléments constitutifs des métaux [souffre, mercure et sel][23], de leur fusion, de leur séparation [*solve et coagula*], en un mot la science de la chimie minérale [ou plutôt de l'alchimie], dont *Hermès* fût le fondateur chez les Égyptiens, et qui donna tant de puissance et d'expansion à la médecine [spagyrique][24]. Tant il est vrai que les sciences constitutives et de la liberté se succèdent et se classent avec cet ordre admirable qui prouve que le Créateur a fourni aux hommes tout ce qui peut calmer leurs maux et prolonger leur passage sur la terre[25]. C'est principalement dans le nombre *trois*, si bien représenté par les trois angles du *Delta*, dont les Chrétiens ont fait le symbole flamboyant de la Divinité ; c'est, dis-je, dans ce nombre *trois*, qui remonte aux temps les plus reculés[26], que le savant observateur découvre la source primitive de tout ce qui frappe la pensée, enrichit l'imagination, et donne une juste idée de l'égalité sociale... Ne cessons donc point, dignes Cheva-

---

[21] Cf. *Light on Masonry*, p. 250, et le *Manuel maçonnique* du F... Vuilliaume, pp. 179-182.

[22] Nous devons avouer que nous ne voyons pas le rapport qui peut exister entre la complexité de ce grade et sa dénomination.

[23] Ce ternaire alchimique est souvent assimilé à celui des éléments constitutifs de l'être humain lui-même : esprit, âme et corps.

[24] Les mots entre crochets ont été ajoutés par nous pour rendre le texte plus compréhensible.

[25] On peut voir dans ces derniers mots une allusion discrète à l'«élixir de longue vie» des alchimistes. - Le grade précédent (25e), celui de *Chevalier du Serpent d'Airain*, était présenté comme « renfermant une partie du premier degré des *Mystères égyptiens*, d'où jaillit l'origine de la *médecine* et le *grand art* de composer les médicaments ».

[26] L'auteur veut sans doute dire : «dont l'emploi symbolique remonte aux temps les plus reculés», car nous ne pouvons supposer qu'il ait prétendu assigner une origine chronologique au nombre *trois* lui-même.

liers, de rester *Écossais Trinitaires*, de maintenir et d'honorer le nombre *trois* comme l'emblème de tout ce qui constitue les devoirs de l'homme, et rappelle à la fois la Trinité chérie de notre Ordre, gravée sur les colonnes de nos Temples : la *Foi*, l'*Espérance* et la *Charité*[27].

Ce qu'il faut surtout retenir de ce passage, c'est que le grade dont il s'agit, comme presque tous ceux qui se rattachent à la même série, présente une signification nettement hermétique[28] ; et ce qu'il convient de noter tout particulièrement à cet égard, c'est la connexion de l'hermétisme avec les Ordres de chevalerie. Ce n'est pas ici le lieu de rechercher l'origine historique des hauts grades de l'Ecossisme, ni de discuter la théorie si controversée de leur descendance templière, qu'il y ait eu filiation réelle et directe ou seulement reconstitution, il n'en est pas moins certain que la plupart de ces grades, et aussi quelques-uns de ceux qu'on trouve dans d'autres rites, apparaissent comme les vestiges d'investigations ayant eu autrefois une existence indépendante[29], et notamment de ces anciens Ordres de chevalerie dont la fondation est liée à l'histoire des Croisades, c'est-à-dire d'une époque où il n'y eut pas seulement des rapports hostiles, comme le croient ceux qui s'en tiennent aux apparences, mais aussi d'actifs échanges intellectuels entre Orient et Occident, échanges qui s'opèrent surtout par le moyen des Ordres en question. Faut-il admettre que c'est à l'Orient que ceux-ci empruntèrent les données hermétiques qu'ils assimilèrent, ou ne doit-on pas plutôt penser qu'ils possédèrent dès leur origine un ésotérisme de ce genre, et que c'est leur propre initiation qui les rendit aptes à entrer en relation sur ce terrain avec les

---

[27] Les trois couleurs du grade sont parfois regardées comme symbolisant respectivement les trois vertus théologales : le blanc représente alors la Foi, le vert l'Espérance, le rouge la Charité (ou l'Amour). – les insignes de ce grade de *Prince de Mercy* sont : un tablier rouge, au milieu duquel est peint ou brodé un triangle blanc et vert, et un cordon aux trois couleurs de l'Ordre, placé en sautoir, auquel est suspendu pour bijou un triangle équilatéral (ou Delta) en or (*Manuel maçonnique* du F... Vuilliaume, p.181).

[28] Un haut Maçon qui semble plus versé dans cette science toute moderne et profane qu'on nomme «histoire des religions» que dans la véritable connaissance initiatique, le comte Goblet d'Alviella, a cru pouvoir donner ce grade purement hermétique et chrétien une interprétation bouddhique, sous le prétexte qu'il y a une certaine ressemblance entre le titre de Prince de Mercy et celui de Seigneur de la Compassion.

[29] C'est ainsi qu'il y a eu effectivement un *Ordre des Trinitaires* ou *Ordre de Mercy*, qui avait pour but, au moins extérieurement, le rachat des prisonniers de guerre.

Orientaux ? C'est là encore une question que nous ne prétendons pas résoudre, mais la seconde hypothèse, quoique moins souvent envisagée que la première[30], n'a rien d'invraisemblable pour qui reconnaît l'existence, pendant tout le moyen âge, d'une tradition initiatique proprement occidentale ; et ce qui porterait encore à l'admettre, c'est que les Ordres fondés plus tard, et qui n'eurent jamais de rapports avec l'Orient, furent également pourvus d'un symbolisme hermétique, comme celui de la Toison d'Or, dont le nom même est une allusion aussi claire que possible à ce symbolisme. Quoiqu'il en soit, à l'époque de Dante, l'hermétisme existait très certainement dans l'Ordre du Temple, de même que la connaissance de certaines doctrines d'origine plus sûrement arabe, que Dante lui-même paraît n'avoir pas ignorée non plus, et qui lui furent sans doute transmises aussi par cette voie ; nous nous expliquerons plus loin sur ce dernier point.

Cependant, revenons aux concordances maçonniques mentionnées par le commentateur, et dont nous n'avons vu encore qu'une partie, car il y a plusieurs grades de l'Ecossisme pour lesquels Aroux croit remarquer une parfaite analogie avec les neufs cieux que Dante parcourt avec Béatrice. Voici les correspondances indiquées pour les sept cieux planétaires : à la Lune correspondent les *profanes ;* à Mercure, le *Chevalier du Soleil* (28e) ; à Venus, le *Prince de Mercy* (26e, vert, blanc et rouge) ; au Soleil, le *Grand Architecte* (12e) ou le *Noachite* (21e) ; à Mars, le *Grand Écossais de Saint-André* ou *Patriarche des croisades* (29e, rouge avec croix blanche) ; à Jupiter, le *Chevalier de l'Aigle blanc et noir* ou *Kadosh*. À vrai dire, quelques-unes de ces attributions nous semblent douteuses ; ce qui n'est pas admissible, surtout, c'est de faire du premier ciel le séjour des profanes, alors que la place de ceux-ci ne peut être que dans les « ténèbres extérieures » ; et n'avons-nous pas vu précédemment, en effet, que c'est l'Enfer qui représente le monde profane, tandis qu'on ne parvient aux divers cieux y compris celui de la Lune, qu'après avoir traversé les épreuves initiatiques du Purgatoire ? Nous savons bien, cependant, que la sphère de la Lune a un rapport spécial avec les Limbes ; mais c'est là un tout autre aspect de son symbolisme, et qu'il ne faut pas confondre avec celui sous lequel

---

[30] Certains ont été jusqu'à attribuer au blason, dont les rapports avec le symbolisme hermétique sont assez étroits, une origine exclusivement persane, alors que, en réalité, le blason existait dès l'antiquité chez un grand nombre de peuples, tant occidentaux qu'orientaux, et notamment chez les peuples celtiques.

elle est représentée comme le premier ciel. En effet, la Lune est à la fois *Janua Coeli* et *Janua Inferni*, Diane et Hécate[31] ; les anciens le savaient fort bien, et Dante ne pouvait pas s'y tromper non plus, ni accorder aux profanes un séjour céleste, fût-il le plus inférieur de tous.

Ce qui est beaucoup moins discutable, c'est l'identification des figures symboliques vues par Dante : la croix dans le ciel de Mars, l'aigle dans celui de Jupiter, l'échelle dans celui de Saturne. On peut assurément rapprocher cette croix de celle qui, après avoir été le signe distinctif des Ordres de chevalerie, sert encore d'emblème à plusieurs grades maçonniques ; et, si elle est placée dans la sphère de Mars, n'est-ce pas par une allusion au caractère militaire de ces Ordres, leur raison d'être apparente, et au rôle qu'ils jouèrent extérieurement dans les expéditions guerrières des Croisades[32] ? Quant aux deux autres symboles, il est impossible de ne pas y reconnaître ceux du *Kadosch Templier* ; et, en même temps, l'aigle, que l'antiquité classique attribuait déjà à Jupiter comme les Hindous l'attribuent à *Vishnu*[33], fut l'emblème de l'ancien Empire romain (ce que nous rappelle la présence de Trajan dans l'œil de cet aigle), et il est demeuré celui du Saint-Empire. Le ciel de Jupiter est le séjour des « princes sages et justes » : « *Diligite justitiam, qui judicatis terram*[34] », correspondance qui, comme toutes celles que donne Dante pour les autres cieux, s'explique entièrement par des raisons astrologiques ; et le nom hébreu de la planète

---

[31] Ces deux aspects correspondent aussi aux deux portes solsticiales ; il y aurait beaucoup à dire sur ce symbolisme, que les anciens Latins avaient résumé dans la figure de *Janus*. – Il y aurait, d'autre part, quelque distinction à faire entre les Enfers, les Limbes, et les « ténèbres extérieures » dont il est question dans l'Évangile ; mais cela nous entraînerait trop loin, et ne changerait d'ailleurs rien à ce que nous disons ici, où il s'agit seulement de séparer, d'une façon générale, le monde profane de la hiérarchie initiatique.

[32] On peut encore remarquer que le ciel de Mars est représenté comme le séjour des « martyrs de la religion » ; il y a même là, sur *Marte* et *martiri*, une sorte de jeu de mots dont on pourrait trouver ailleurs d'autres exemples : c'est ainsi que la colline de Montmartre fut autrefois le *Mont de Mars* avant de devenir le *Mont des Martyrs*. Nous noterons en passant, à ce propos, un autre fait assez étrange : les noms des trois martyrs de Montmartre, *Dionysos*, *Rusticus*, et *Éleuthéros*, sont trois noms de Bacchus. De plus, Saint-Denis, considéré comme le premier évêque de Paris, est communément identifié à Denys l'Aréopagite, et, à Athènes, l'Aréopage était aussi le *Mont de Mars*.

[33] Le symbolisme de l'aigle dans les différentes traditions demanderait à lui seul toute une étude spéciale.

[34] *Paradiso*, XVIII, 91-93.

Jupiter est *Tsedek*, qui signifie « juste ». Quant à l'échelle des *Kadosch*, nous en avons déjà parlé : la sphère de Saturne était située immédiatement au-dessus de celle de Jupiter, on parvient au pied de cette échelle par la Justice (*Tsedakah*), et à son sommet par la Foi (*Emounah*). Ce symbole de l'échelle semble être d'origine chaldéenne et avoir été importé en Occident avec les mystères de Mithra : il y avait alors sept échelons dont chacun était formé d'un métal différent, suivant les correspondances des métaux avec les planètes ; d'autre part, on sait que dans le symbolisme biblique, on trouve également l'échelle de Jacob qui, joignant la terre aux cieux, présente une signification identique[35].

"Selon Dante, le huitième ciel du Paradis, le ciel étoilé (ou des étoiles fixes) est le *ciel des Rose-Croix* : les *Parfaits* y sont vêtus de blanc ; ils y exposent un symbolisme analogue à celui des *Chevaliers de Heredom*[36] ; ils professent la doctrine "évangélique", celle même de Luther, opposée à la doctrine catholique romaine". C'est là l'interprétation d'Aroux, qui témoigne de cette confusion, fréquente chez lui, entre les deux domaines de l'ésotérisme et de l'exotérisme : le véritable ésotérisme doit être au-delà des oppositions qui s'affirment dans les mouvements extérieurs agitant le monde profane, et, si ces mouvements sont parfois suscités ou dirigés invisiblement par de puissantes organisations initiatiques, on peut dire que celles-ci dominent sans s'y mêler, de façon à exercer également leur influence sur chacun des partis contraires. Il est vrai que les protestants, et plus particulièrement les Luthériens, se servent habituellement du mot « évangélique » pour désigner leur propre doctrine, et, d'autre part, on sait que le sceau de Luther portait une croix au centre d'une rose ; on sait aussi que l'organisation rosicrucienne qui manifesta publiquement son existence en 1604 (celle avec laquelle Descartes chercha vainement à se mettre en rapport) se déclarait nettement « antipapiste ». Mais nous

---

[35] Il n'est pas sans intérêt de noter encore que saint Pierre Damien, avec qui Dante s'entretient dans le ciel de Saturne, figure la liste (en grande partie légendaire) des *Imperatores Rosae-Crucis* donnée dans le *Clypeum Veritatis* d'Irenaus Agnostus (1618).

[36] L'*Ordre de Heredom de Kilwinning* est le *Grand Chapitre* des hauts grades rattaché à la *Grande Loge Royale d'Edimburg*, et fondé, selon la tradition, par le roi Robert Bruce (Thory, *Acta Latomorum*, t. 1er, p. 317). Le mot anglais *Heredom* (ou *heirdom*) signifie « héritage » (des Templiers) ; cependant, certains font venir cette désignation de l'hébreu *Harodim*, titre donné à ceux qui dirigeaient les ouvriers employés à la construction du Temple de Salomon (cf. notre article sur le sujet dans les *Études Traditionnelles*, n° de mars 1948).

devons dire que cette Rose-Croix du commencement du XVIIᵉ siècle était déjà très extérieure, et fort éloignée de la véritable Rose-Croix originelle, laquelle ne constitua jamais une société au sens propre de ce mot ; et, quant à Luther, il semble n'avoir été qu'une sorte d'agent subalterne, sans doute même assez peu conscient du rôle qu'il avait à jouer ; ces divers points, d'ailleurs, n'ont jamais été complètement élucidés.

Quoiqu'il en soit, les vêtements blancs des *Elus* ou des *Parfaits*, tout en rappelant évidemment certains textes apocalyptiques[37], nous paraissent être surtout une allusion au costume des Templiers ; et il est, à cet égard, un passage particulièrement significatif[38] :

Qual è colui che tace e dicer vuole,
Mi trasse Beatrice, e disse : mira
Quanto è il convento delle bianche stole !

Cette interprétation, du reste, permet de donner un sens très précis à l'expression de « milice sainte » que nous trouvons un peu plus loin, dans des vers qui semblent même exprimer discrètement la transformation du Templarisme, après son apparente destruction, pour donner naissance au Rosicrucianisme[39] :

In forma dunque di candida rosa
Mi si mostrava la milizia santa,
Che nel suo sangue Cristo fece sposa.

D'autre part, pour mieux faire comprendre le symbolisme dont il s'agit dans la dernière citation que nous avons faites d'après Aroux, voici la description de la *Jérusalem Céleste*, telle qu'elle est figurée dans le *Chapitre des Souverains Princes Rose-Croix*, de *l'Ordre de Heredom de Kilwinning* ou *Ordre Royal d'Ecosse*, appelés aussi *Chevaliers de l'Aigle et du Pélican* : « Dans le fond (de la dernière chambre) est un tableau où l'on voit une montagne d'où découle une rivière, au bord de laquelle croît un arbre portant douze sortes de fruits. Sur le sommet de la montagne est un socle composé de douze pierres précieuses en douze assises. Au-dessus de ce socle est un carré d'or, sur chacune

---

[37] *Apocalypse*, VII, 13-14.
[38] *Paradiso*, XXX, 127-129. – On remarquera, à propos de ce passage, que le mot « convent » est demeuré en usage dans la maçonnerie pour désigner ses grandes assemblées.
[39] *Paradiso*, XXXI, 1-3. – Le dernier vers peut se rapporter au symbolisme de la croix rouge des Templiers.

des faces duquel sont trois anges avec les noms de chacune des douze tribus d'Israël. Dans ce carré est une croix, sur le centre de laquelle est couché un agneau[40]. » C'est donc le symbolisme apocalyptique que nous retrouvons ici, et la suite montrera à quel point les conceptions cycliques auxquels il se rapporte sont intimement liées au plan même de l'œuvre de Dante.

« Dans les chants XXIV et XXV du *Paradis*, on retrouve le triple baiser du *Prince Rose-Croix*, le pélican, les tuniques blanches, les mêmes que celles des vieillards de l'*Apocalypse*, des bâtons de cire à cacheter, les trois vertus théologales des chapitres maçonniques (Foi, Espérance et Charité[41]); car la fleur symbolique des Rose-Croix (la *Rosa candida* des chants XXX et XXXI) a été adopté par l'Eglise de Rome comme la figure de la Mère du Sauveur (*Rosa mystica* des litanies), et par celle de Toulouse (les Albigeois) comme le type mystérieux de l'assemblée générale des *Fidèles d'Amour*. Ces métaphores étaient déjà employées par les *Pauliciens*, prédécesseurs des *Cathares* au X et XIe siècles ».

Nous avons cru utile de reproduire tous ces rapprochements, qui sont intéressants, et qu'on pourrait sans doute multiplier encore sans grande difficulté ; mais, cependant, il ne faudrait pas, sauf probablement dans le cas du Templarisme et du Rosicrucianisme originel, prétendre en tirer des conclusions trop rigoureuses en ce qui concerne une filiation directe des différentes formes initiatiques entre lesquelles on constate ainsi une certaine communauté de symboles. En effet, non seulement le fond des doctrines est toujours et partout le même, mais encore, ce qui peut sembler plus étonnant à première vue, les modes d'expression eux-mêmes présentent souvent une similitude frappante, et cela pour des traditions qui sont trop éloignées dans le temps ou dans l'espace pour qu'on puisse admettre une influence immédiate des unes sur les autres ; sans doute faudrait-il en

---

[40] *Manuel maçonnique* du F... Vuilliaume, pp. 143-144. – Cf *Apocalypse*, XXI.

[41] Dans les Chapitres de Rose-Croix (18e degré écossais), les noms des trois vertus théologales sont associés respectivement aux trois termes de la devise « Liberté, Egalité, Fraternité » ; on pourrait aussi les rapprocher de ce qu'on appelle « les trois principaux piliers du Temple » dans les grades symboliques :
« Sagesse, Force, Beauté. » - A ces trois mêmes vertus, Dante fait correspondre saint Pierre, saint Jacques et saint Jean, les trois apôtres qui assistèrent à la Transfiguration.

pareil cas, pour découvrir un rattachement effectif, remonter beaucoup plus loin que l'histoire ne nous permet de le faire.

D'un autre côté, les commentateurs tels que Rossetti et Aroux, en étudiant le symbolisme de l'œuvre de Dante comme ils l'ont fait, s'en sont tenus à un aspect que nous pouvons qualifier d'extérieur ; nous voulons dire qu'ils se sont arrêtés à ce que nous appellerions volontiers son côté rituélique, c'est-à-dire des formes qui, pour ceux qui sont incapables d'aller plus loin, cachent le sens profond plutôt qu'ils ne l'expriment. Et, comme on l'a dit très justement, « il est naturel qu'il en soit ainsi, parce que pour pouvoir saisir et comprendre les allusions et les références conventionnelles ou allégoriques, il faut connaître l'objet de l'allusion ou de l'allégorie ; et dans le cas présent, il faut connaître les expériences mystiques par lesquelles la véritable initiation fait passer le myste et l'épopte. Pour qui a quelque expérience de ce genre, il n'y a aucun doute à avoir sur l'existence, dans la *Divine Comédie* et dans l'*Enéide*, d'une allégorie métaphysico-ésotérique, qui voile et expose en même temps les phases successives par lesquelles passe la conscience de l'initié pour atteindre l'immortalité[42] ».

---

[42] Arturo Reghini, *art. cit.*, pp. 545-546.

CHAPITRE IV
DANTE ET LE ROSICRUCIANISME

Le même reproche d'insuffisance que nous avons formulé à l'égard de Rossetti et d'Aroux peut être adressé à Eliphas Levi qui, tout en affirmant un rapport avec les mystères antiques, a vu surtout une application politique, ou politico-religieuse, n'ayant à nos yeux qu'une importance secondaire, et qui a toujours le tort de supposer que les organisations proprement initiatiques sont directement engagées dans les luttes extérieures. Voici, en effet, ce que dit cet auteur dans son *Histoire de la magie* : « on a multiplié les commentaires et les études sur l'œuvre de Dante et personne, que nous sachions, n'en a signalé le véritable caractère. L'œuvre du Grand Gibelin est une déclaration de guerre à la Papauté par la révélation hardie des mystères. L'épopée de Dante est johannite[43] et gnostique ; c'est une application hardie des figures et des nombres de la Kabbale aux dogmes chrétiens, et une négation secrète de tout ce qu'il y a d'absolu dans ces dogmes. Son voyage à travers les mondes surnaturels s'accomplit comme l'initiation aux mystères d'Eleusis et de Thèbes. C'est Virgile qui le conduit et le protège dans les cercles du nouveau Tartare, comme si Virgile, le tendre et mélancolique prophète des destinées du fils de Pollion, était aux yeux du poète florentin le père illégitime, mais véritable, de l'épopée chrétienne ? Grâce au génie païen de Virgile, Dante échappe à ce gouffre sur la porte duquel il avait lu une sentence de désespoir ; il y échappe en *en mettant sa tête à la place de ses pieds et ses pieds à la place de sa tête*, c'est-à-dire en prenant le contre-pied du dogme, et alors il remonte à la lumière en se servant du démon lui-même comme d'une échelle monstrueuse ; il échappe à l'épouvante à force d'épouvante, à l'horrible à force d'horreur. L'Enfer, semble-t-il, n'est une impasse que pour ceux qui ne savent pas se retourner ; il prend le diable à rebrousse-poil, s'il m'est permis d'employer ici cette expression familière, et s'émancipe par son audace. C'est déjà le pro-

---

[43] Saint Jean est souvent considéré comme le chef de l'Église *intérieure*, et, suivant certaines conceptions dont nous trouvons ici un indice, on veut à ce titre l'opposer à saint Pierre, chef de l'Église *extérieure ;* la vérité est plutôt que leur autorité ne s'applique pas au même domaine.

testantisme dépassé, et le poète des ennemis de Rome a déjà deviné Faust en montant au Ciel sur la tête de Mephistophélès vaincu[44]. »

En réalité, la volonté de « révéler les mystères », à supposer que la chose soit possible (et elle ne l'est pas, parce qu'il n'est de véritable mystère que l'inexprimable), et le parti de « prendre le contre-pied du dogme », ou de renverser consciemment le sens et la valeur des symboles, ne seraient pas les marques d'une très haute initiation. Heureusement, nous ne voyons, pour notre part, rien de tel chez Dante, dont l'ésotérisme s'enveloppe au contraire d'un voile assez difficilement pénétrable, en même temps qu'il s'appuie sur des bases strictement traditionnelles ; faire de lui un précurseur du protestantisme, et peut-être aussi de la Révolution, simplement parce qu'il fut adversaire de la Papauté sur le terrain *politique*, c'est méconnaître entièrement sa pensée et ne rien comprendre à l'esprit de son époque.

Il y a encore autre chose qui nous paraît difficilement soutenable : c'est l'opinion qui consiste à voir en Dante un « kabbaliste » au sens propre de ce mot ; et ici, nous sommes d'autant plus portés à nous méfier que nous ne savons que trop combien certains de nos contemporains s'illusionnent facilement à ce sujet, croyant trouver de la Kabbale partout où il y a une forme quelconque d'ésotérisme. N'avons-nous pas vu un écrivain maçonnique affirmer gravement que la *Kabbale* et la *Chevalerie* sont une seule et même chose, et, en dépit des plus élémentaires notions linguistiques, que les deux mots eux-mêmes ont une origine commune[45] ? En présence de telles invraisemblances, on comprendra la nécessité de se montrer circonspect, et de ne pas se contenter de quelques vagues rapprochements pour faire de tel ou tel personnage un kabbaliste ; or la Kabbale est essentiellement la tradition hébraïque[46], et nous n'avons aucune preuve qu'une

---

[44] Ce passage d'Éliphas Lévi a été, comme beaucoup d'autres (tirés surtout du *Dogme et Rituel de la HauteMagie*), reproduit textuellement, sans indication de provenance, par Albert Pike dans ses *Morals and Dogma of Freemasonry*, p. 822 ; du reste, le titre même de cet ouvrage est visiblement imité de celui d'Éliphas Lévi.
[45] Ch.-M. Limousin. *La Kabbale littérale occidentale*.
[46] Le mot lui-même signifie « tradition » en hébreu, et, si l'on n'écrit pas en cette langue, il n'y a aucune raison de l'employer pour désigner toute tradition indistinctement.

influence juive se soit exercée directement sur Dante[47]. Ce qui adonné naissance à une telle opinion, c'est uniquement l'emploi qu'il fait de la science des nombres ; mais si cette science existe effectivement dans la Kabbale hébraïque et y tient une place des plus importantes, elle se trouve aussi bien ailleurs ; ira-t-on donc prétendre également, sous le même prétexte, que Pythagore était un kabbaliste[48] ? Comme nous l'avons déjà dit, c'est plutôt au Pythagorisme qu'à la Kabbale que, sous ce rapport, on pourrait rattacher Dante, qui, très probablement, connut surtout du Judaïsme ce que le Christianisme en a conservé dans sa propre doctrine.

« Remarquons aussi, continue Eliphas Levi, que l'Enfer de Dante n'est pas qu'un *Purgatoire négatif*. Expliquons-nous : son Purgatoire semble s'être formé dans son Enfer comme dans un moule, c'est le couvercle et comme le bouchon du gouffre, et l'on comprend que le Titan florentin, en escaladant le Paradis, voudrait jeter d'un coup de pied le Purgatoire dans l'Enfer ». Cela est vrai en un sens, puisque le mont du Purgatoire s'est formé, sur l'hémisphère austral, les matériaux rejetés du sein de la terre lorsque le gouffre a été creusé par la chute de Lucifer ; mais pourtant l'Enfer a neuf cercles, qui sont comme un reflet inversé des neuf cieux, tandis que le Purgatoire n'a que sept divisions ; la symétrie n'est donc pas exacte sous tous les rapports.

« Son Ciel se compose d'une série de cercles kabbalistiques divisés par une croix comme le pantacle d'Ezéchiel ; au centre de cette *croix* fleurit une *rose*, et nous voyons apparaître pour la première fois exposé publiquement et presque catégoriquement expliqué, le symbole des Rose-Croix. » D'ailleurs, vers la même époque, ce même symbole apparaissait, quoique de façon un peu moins claire, dans une autre œuvre poétique célèbre : le *Roman de la Rose*. Éliphas Levi pense que «le *Roman de la Rose* et la *Divine Comédie* sont les deux formes opposées (il serait plus juste de dire complémentaires) d'une même œuvre : l'initiation à l'indépendance de l'esprit, la satire de toutes les institu-

---

[47] Il faut dire cependant que, d'après les témoignages contemporains, Dante entretint des relations suivies avec un Juif fort instruit, et poète lui-même, Immanuel ben Salomon ben Jekuthiel (1270-1330) ; mais il n'en est pas moins vrai que nous ne voyons aucune trace d'éléments spécifiquement judaïques dans la *Divine Comédie*, tandis qu'Immanuel s'inspira de celle-ci pour une de ses œuvres, en dépit de l'opinion contraire d'Israël Zangwill, que la comparaison des dates rend tout à fait insoutenable.
[48] Cette opinion a été effectivement émise par Reuchlin.

tions contemporaines et la formule allégorique des grands secrets de la Société des Rose-Croix», laquelle, à vrai dire, ne portait pas encore ce nom, et de plus, nous le répétons, ne fut jamais (sauf en quelques branches tardives et plus ou moins déviées) une «société» constituée avec toutes les formes extérieures qu'implique ce mot. D'autre part, « l'indépendance de l'esprit » ou, pour mieux dire, l'indépendance intellectuelle n'était pas, au moyen âge, une chose si exceptionnelle que les modernes se l'imaginent d'ordinaire, et les moines eux-mêmes ne se privaient d'une critique fort libre, dont on peut retrouver les manifestations jusque dans les sculptures des cathédrales ; tout cela n'a rien de proprement ésotérique, et il y a, dans les œuvres dont il s'agit, quelque chose de beaucoup plus profond.

« Ces importantes manifestations de l'occultisme, dit encore Eliphas Levi, coïncident avec l'époque de la chute des Templiers, puisque Jean de Meung ou Clopinel, contemporain de la vieillesse de Dante, florissait pendant ses plus belles années à la cour de Philippe le Bel. C'est un livre profond à une forme légère[49], c'est une révélation aussi savante que celle d'Apulée des mystères de l'occultisme. La rose de Flamel, celle de Jean de Meung et celle de Dante sont nées sur le même rosier[50]. »

Sur ces huit dernières lignes, nous ne ferons qu'une réserve : c'est que le mot «occultisme», qui a été inventé par Eliphas Levi lui-même, convient fort peu pour désigner ce qui exista antérieurement à lui, surtout si l'on songe à ce qu'est devenu l'occultisme contemporain qui, tout en se donnant pour une restauration de l'ésotérisme, n'est arrivé qu'à en être une grossière contrefaçon, parce que ses dirigeants ne furent jamais en possession des véritables principes ni d'aucune initiation sérieuse. Eliphas Levi serait sans doute le premier à désavouer ses prétendus successeurs, auxquels il était certainement bien supérieur intellectuellement, tout en étant loin d'être réellement aussi profond qu'il veut le paraître, et en ayant le tort d'envisager toutes choses à travers la mentalité d'un révolutionnaire

---

[49] On peut dire la même chose, au XVIᵉ siècle, des œuvres de Rabelais, qui renferment aussi une signification ésotérique qu'il pourrait être intéressant d'étudier de près.

[50] Éliphas Lévi, *Histoire de la Magie*, 1860, pp. 359-360. – Il importe de remarquer à ce propos qu'il existe une sorte d'adaptation italienne du *Roman de la Rose*, intitulée *Il Fiore*, dont l'auteur, « Ser Durante Fiorentino », semble bien n'être autre que Dante lui-même ; le véritable nom de celui-ci était en effet Durante, dont Dante n'est qu'une forme abrégée.

de 1848. Si nous nous sommes un peu attardés à discuter son opinion, c'est que nous savons combien son influence a été grande, même sur ceux qui ne l'ont guère compris, et que nous pensons qu'il est bon de fixer les limites dans lesquelles sa compétence peut être reconnue : son principal défaut, qui est celui de son temps, est de mettre des préoccupations sociales au premier plan et de les mêler à tout indistinctement ; à l'époque de Dante, on savait sûrement mieux situer chaque chose à la place qui doit lui revenir normalement dans la hiérarchie universelle.

Ce qui offre un intérêt tout particulier pour l'histoire des doctrines ésotériques, c'est la constatation que plusieurs manifestations importantes de ces doctrines coïncident, à quelques années près, avec la destruction de l'Ordre du Temple ; il y a une relation incontestable, bien qu'assez difficile à déterminer avec précision, entre ces divers évènements. Dans les premières années du XIVe siècle, et sans doute déjà au cours du siècle précédent, il y avait donc, tant en France qu'en Italie, une tradition secrète (« occulte » si l'on veut, mais non pas « occultiste »), celle-là même qui devait porter plus tard le nom de tradition rosicrucienne. La dénomination *Fraternitas Rosoe-Crucis* apparaît pour la première fois en 1374, ou même, suivant quelques un (notamment Michel Maïer), en 1413 ; et la légende de *Christian Rosenkreutz*, le fondateur supposé dont le nom et la vie sont purement symboliques, ne fut peut-être entièrement constituée qu'au XVIe siècle ; mais nous venons de voir que le symbole même de la Rose-Croix est certainement bien antérieur.

Cette doctrine ésotérique, quelle que soit la désignation particulière qu'on voudra lui donner jusqu'à l'apparition du Rosicrucianisme proprement dit (si toutefois on trouve nécessaire de lui en donner une), présentait des caractères qui permettent de la faire rentrer dans ce qu'on appelle assez généralement l'hermétisme. L'histoire de cette tradition hermétique est intimement liée à celle des Ordres de chevalerie ; et, à l'époque dont nous nous occupons, elle était conservée par des organisations initiatiques comme celle de la *Fede Santa* et des *Fidèles d'Amour*, et aussi cette *Massenie du Saint Graal* dont l'historien Henri Martin pare en ces termes[51], précisément à propos des romans de chevalerie, qui sont encore une des grandes manifestations littéraires de l'ésotérisme au moyen âge : «Dans le *Titurel*, la légende du *Graal* atteint sa dernière et splendide transfiguration, sous l'influence

---

[51] *Histoire de France*, t. III, pp. 398-399.

des idées que Wolfram[52] semblerait avoir puisées en France, et particulièrement chez les Templiers du midi de la France. Ce n'est plus dans l'île de Bretagne, mais en Gaule, sur les confins de l'Espagne, que le *Graal* est conservé. Un héros appelé Titurel fonde un Temple pour y déposer le saint *Vaissel*, et c'est le prophète Merlin qui dirige cette construction mystérieuse, initié qu'il a été par Joseph d'Arimathie en personne au plan du Temple par excellence, du Temple de Salomon[53]. La *Chevalerie du Graal* devient ici la *Massenie*, c'est-à-dire une Franc-Maçonnerie ascétique, dont les membres se nomment les *Templistes*, et l'on peut saisir ici l'intention de relier à un centre commun, figuré par ce Temple idéal, l'*Ordre des Templiers* et les nombreuses confréries de constructeurs qui renouvellent alors l'architecture du moyen âge. On entrevoit là bien des ouvertures sur ce qu'on pourrait nommer l'histoire souterraine de ces temps, beaucoup plus complexes qu'on ne le croit généralement... Ce qui est bien curieux et ce dont on ne peut guère douter, c'est que la Franc-Maçonnerie moderne remonte d'échelon en échelon jusqu'à la *Massenie du Saint Graal*[54].»

Il serait peut-être trop imprudent d'adopter d'une façon trop exclusive l'opinion exprimée dans la dernière phrase, parce que les attaches de la Maçonnerie moderne avec les organisations antérieures sont, elles aussi, extrêmement complexes ; mais il n'en est pas moins bon d'en tenir compte, car on peut y voir du moins l'indication d'une des origines réelles de la Maçonnerie. Tout cela peut aider à saisir dans une certaine mesure les moyens de transmission des doctrines ésotériques à travers le moyen âge, ainsi que l'obscure filiation des organisations initiatiques au cours de cette même période, pendant laquelle elles furent vraiment secrètes, dans la plus complètes acception de ce mot.

---

[52] Le Templier souabe Wolfram d'Eschenbach, auteur de *Parceval*, et imitateur du bénédictin satirique Guyot de Provins, qu'il désigne d'ailleurs sous le nom singulièrement déformé de « Kyot de Provence ».

[53] Henri Martin ajoute ici en note : « Perceval finit par transférer le *Graal* et rebâtir le Temple dans l'Inde, et c'est le *Prêtre Jean*, ce chef fantastique d'une chrétienté orientale imaginaire, qui hérite de la garde du saint *Vaissel*. »

[54] Nous touchons ici un point très important, mais que nous ne pourrions traiter sans nous écarter par trop de notre sujet : il y a une relation fort étroite entre le symbolisme même du *Graal* et le « centre commun » auquel Henri Martin fait allusion, mais sans paraître en soupçonner la réalité profonde, pas plus qu'il ne comprend évidemment ce que symbolise, dans le même ordre d'idées, la désignation du *Prêtre Jean* et de son royaume mystérieux.

CHAPITRE V
VOYAGES EXTRATERRESTRES DANS DIFFÉRENTES TRADITIONS

Une question qui semble avoir fortement préoccupé la plupart des commentateurs de Dante est celle des sources auxquelles il convient de rattacher sa conception de la descente aux Enfers, et c'est aussi un des points sur lesquels apparaît le plus nettement l'incompétence de ceux qui n'ont étudié ces questions que d'une façon toute « profane ». Il y a là, en effet, quelque chose qui ne peut se comprendre que par une certaine connaissance des phases de l'initiation réelle, et c'est ce que nous allons essayer maintenant d'expliquer.

Sans doute, si Dante prend Virgile pour guide dans les deux premières parties de son voyage, la cause principale en est bien, comme tout le monde s'accorde à le reconnaître, le souvenir du chant VI de l'*Enneide;* mais il faut noter que c'est parce qu'il y a là, chez Virgile, non une simple fiction poétique, mais la preuve d'un savoir initiatique incontestable. Ce n'est pas sans raison que la pratique des *sortes virgilianoe* fut si répandue au moyen âge ; et, si on a voulu faire de Virgile un magicien, ce n'est là qu'une déformation populaire et exotérique d'une vérité profonde, que sentaient probablement, mieux qu'ils ne savaient l'exprimer, ceux qui rapprochaient son œuvre des Livres sacrés, ne fût-ce que pour un usage divinatoire d'un intérêt très relatif.

D'autre part, il n'est pas difficile de constater que Virgile lui-même, pour ce qui nous occupe, a eu des prédécesseurs chez les Grecs, et de rappeler à ce propos le voyage d'Ulysse au pays des Cimmériens, ainsi que de la descente d'Orphée aux Enfers ; mais la concordance que l'on remarque en tout cela ne prouve-t-elle rien de plus qu'une série d'emprunts ou d'imitations successives ? La vérité est que ce dont il s'agit a le plus étroit rapport avec les mystères de l'antiquité, et que ces divers récits poétiques ou légendaires ne sont que des traductions d'une même réalité : le rameau d'or qu'Énée, conduit par la Sibylle, va d'abord cueillir dans la forêt (cette même «selva selvaggia» où Dante situe aussi le début de son poème), c'est le rameau que portaient les initiés d'Éleusis, et que rappelle encore l'acacia de la Maçonnerie moderne, «gage de résurrection et d'immortalité». Mais il y a mieux, et le Christianisme même nous présente aussi un pareil symbolisme : dans la liturgie catholique, c'est par la fête des Rameaux[55] que s'ouvre la semaine sainte, qui verra la mort du Christ et sa descente aux Enfers, puis sa résurrection, qui sera bientôt suivie de son ascension glorieuse ; et c'est précisément le lundi saint que commence le récit de Dante, comme pour indiquer que c'est en allant à la recherche du rameau mystérieux qu'il s'est égaré dans la forêt obscure où il va rencontrer Virgile ; et son voyage à travers les mondes durera jusqu'au dimanche de Pâques, c'est-à-dire jusqu'au jour de la résurrection.

Mort et descente aux Enfers d'un côté, résurrection et ascension aux Cieux de l'autre, ce sont comme deux phases inverses et complémentaires, dont la première est la préparation nécessaire de la seconde, et que l'on retrouverait également sans peine dans la description du « Grand Œuvre » hermétique ; et la même chose est nettement dans toutes les doctrines traditionnelles. C'est ainsi que, dans l'Islam, nous rencontrons l'épisode du « voyage nocturne » de Mohammed, comprenant pareillement la descente aux régions infernales (*isrâ*), puis l'ascension dans les divers paradis ou sphères célestes (*mirâj*) ; et certaines relations de ce « voyage nocturne » présentent avec le poème de Dante des similitudes particulièrement frappantes, à tel point que quelques-uns ont voulu y voir une des sources principales de son inspiration. Don Miguel Asín Palacios a montré les multiples rapports qui existent, pour le fond et même pour la forme, entre *Divine Comédie* (sans parler de certains passages de la *Vita Nuova* et du *Convito*), d'une part, et d'autre part, le *Kitâb el-isrâ* (Livre du voyage nocturne) et les *Futûhât el-Mekkiyah* (Révélations de la Mecque) de Mohyiddin ibn Arabi, ouvrages antérieurs de quatre-vingts ans environ, et il conclut que ces analogies sont plus nombreuses à elles seules que toutes celles que les commentateurs sont parvenus à établir entre l'œuvre de Dante et toutes les autres littératures de tout pays[56]. En voici quelques exemples : « Dans une adaptation de la légende musulmane, un loup et un lion barrent la

---

[55] Le nom latin de cette fête est *Dominica in Palmis* ; la palme et le rameau ne sont évidemment qu'une seule et même chose, et la palme prise comme emblème des martyrs a également la signification que nous indiquons ici. – Nous rappellerons aussi la dénomination populaire de « Pâques fleuries », qui exprime d'une façon très nette, quoique consciente chez ceux qui l'emploient aujourd'hui, le rapport du symbolisme de cette fête avec la résurrection.

[56] Miguel Asín Palacios. *La Escatología musulmana en la Divina Comedia*, Madrid, 1919. – Cf. Blochet, *Les Sources orientales de la « Divine Comédie »*, Paris, 1901.

route au pèlerin, comme la panthère, le lion et la louve font reculer Dante… Virgile est envoyé à Dante et Gabriel à Mohammed par le Ciel ; tous deux, durant le voyage, satisfont à la curiosité du pèlerin. L'Enfer est annoncé dans les deux légendes par des signes identiques : tumulte violent et confus, rafale de feu… L'architecture de l'Enfer dantesque est calquée sur celle de l'Enfer musulman : tous deux sont un gigantesque entonnoir formé par une série d'étages, de degrés ou de marches circulaires qui descendent graduellement jusqu'au fond de la terre ; chacun d'eux recèle une catégorie de pécheurs, dont la culpabilité et la peine d'aggravent à mesure qu'ils habitent un cercle plus enfoncé. Chaque étage se subdivise en différents autres, effectués à des catégories variées de pécheurs ; enfin, ces deux Enfers sont situés tous les deux sous la ville de Jérusalem… Afin de se purifier au sortir de l'Enfer et de pouvoir s'élever vers le Paradis, Dante se soumet à une triple ablution. Une même triple ablution purifie les âmes dans la légende musulmane : avant de pénétrer dans le Ciel, elles sont plongées successivement dans les eaux des trois rivières qui fertilisent le jardin d'Abraham… L'architecture des sphères célestes à travers lesquelles s'accomplit l'ascension est identique dans les deux légendes ; dans les neuf cieux sont disposées, suivant leurs mérites respectifs, les âmes bienheureuses qui, à la fin, se rassemblent toutes dans l'Empyrée ou dernière sphère… De même que Béatrice s'efface devant saint Bernard pour guider Dante dans les ultimes étapes, de même Gabriel abandonne Mohammed près du trône de Dieu où il sera attiré par une guirlande lumineuse… L'apothéose finale des deux ascensions est la même : les deux voyageurs, élevés jusqu'à la présence de Dieu, nous décrivent Dieu comme un foyer de lumière intense, entouré de neuf cercles concentriques formés par les files serrées d'innombrables esprits angéliques qui émettent des rayons lumineux ; une des filles circulaires les plus proches du foyer est celle des Chérubins ; chaque cercle entoure le cercle immédiatement inférieur, et tous les neuf tournent sans trêve, autour du centre divin… Les étages infernaux, les cieux astronomiques, les cercles de la rose mystique, les chœurs angéliques qui entourent le foyer de la lumière divine, les trois cercles symbolisant la trinité de personnes, sont empruntés mot pour mot par le poète florentin à Mohyiddin ibn Arabi[57]. »

---

[57] A. Cabaton, *La Divine Comédie et l'Islam*, dans la revue de l'*Histoire des Religions*, 1920 ; cet article contient un résumé du travail de M. Asîn Palacios.

De telles coïncidences, jusque dans des détails extrêmement précis, ne peuvent être accidentelles, et nous avons bien des raisons d'admettre que Dante s'est effectivement inspiré, pour une part assez importante, des écrits de Mohyiddin ; mais comment les a-t-il connus ? On envisage comme intermédiaire possible Brunetto Latini, qui avait séjourné en Espagne, et il mourut à Damas ; d'un autre côté, ses disciples étaient répandus dans tout le monde islamique, mais surtout en Syrie et en Egypte, et enfin il est peu probable que ses œuvres aient été dès lors dans le domaine public, où même certaines d'entre elles n'ont jamais été. En effet, Mohyiddin fut tout autre chose que le « poète mystique » qu'imagine M. Asín Palacios ; ce qu'il convient de dire ici c'est que, dans l'ésotérisme islamique, il est appelé *Esh-Sheikh el-akbar*, c'est-à-dire le plus grand des Maîtres spirituels, le Maître par excellence, que sa doctrine est d'essence purement métaphysique, et que plusieurs des principaux Ordres initiatiques de l'Islam, parmi ceux qui sont les plus élevés et les plus fermés en même temps, procèdent de lui directement. Nous avons déjà indiqué que de telles organisations furent au XIIIe siècle, c'est-à-dire à l'époque même de Mohyiddin, en relation avec les Ordres de chevalerie, et, pour nous, c'est par là que s'explique la transmission constatée ; s'il en était autrement, et si Dante avait connu Mohyiddin par des voies « profanes », pourquoi ne l'aurait-il jamais nommé, aussi bien qu'il nomme les philosophes exotériques de l'Islam, Avicenne et Averroès[58] ? De plus, il est reconnu qu'il y eut des influences islamiques aux origines du Rosicrucianisme, et c'est à cela que font allusion les voyages supposés de Christian Rosenkreutz en Orient ; mais l'origine réelle du Rosicrucianisme, nous l'avons déjà dit, ce sont précisément les Ordres de chevalerie, et ce sont eux qui formèrent, au moyen âge, le véritable lien intellectuel entre l'Orient et l'Occident.

Les critiques occidentaux modernes, qui ne regardent le « voyage nocturne » de Mohammed que comme une légende plus ou moins poétique, prétendent que cette légende n'est pas spécifiquement islamique et arabe, mais qu'elle serait originaire de la Perse, parce que le récit d'un voyage similaire se trouve dans un livre mazdéen, l'*Ardâ Vîrâf Nâmeh*[59]. Certains pensent qu'il faut remonter encore plus loin, jusqu'à l'Inde, om l'on rencontre en effet, tant dans le

---

[58] *Inferno*, IV, 143-144.
[59] Blochet. *Études sur l'Histoire religieuse de l'Islam*, dans la *Revue de l'Histoire des Religions*, 1899. – Il existe une traduction française du *Livre d'Ardâ Vîrâf* par M. Barthélémy, publiée en 1887.

Brâhmanisme que dans le Bouddhisme, une multitude de descriptions symboliques des divers états d'existence sous la forme d'un ensemble hiérarchiquement organisé de Cieux et d'Enfers ; et quelques-uns vont même jusqu'à supposer que Dante a pu subir directement l'influence indienne[60]. Chez ceux qui ne voient en tout cela que de la « littérature », cette façon d'envisager les choses se comprend, quoiqu'il soit assez difficile, même du simple point de vue historique, d'admettre que Dante ait pu connaître quelque chose de l'Inde autrement que par l'intermédiaire des Arabes. Mais, pour nous, ces similitudes ne montrent pas autre chose que l'unité de la doctrine qui est contenue dans toutes les traditions ; il n'y a rien d'étonnant à ce que nous trouvions partout l'expression des mêmes vérités, mais précisément, pour ne pas s'en étonner, il faut d'abord savoir que ce sont des vérités, et non pas des fictions plus ou moins arbitraires. Là où il n'y a que des ressemblances d'ordre général, il n'y a pas lieu de conclure à une communication directe ; cette conclusion n'est justifiée que si les mêmes idées sont exprimées sous une forme identique, ce qui est le cas pour Mohyiddin et Dante. Il est certain que ce que nous trouvons chez Dante est en parfait accord avec les théories hindoues des mondes et des cycles cosmiques, mais sans pourtant être revêtu de la forme qui seule est proprement hindoue ; et cet accord existe nécessairement chez tous ceux qui ont conscience des mêmes vérités, quelle que soit la façon dont ils en ont acquis la connaissance.

---

[60] Angelo de Gubernatis, *Dante e l'India*, dans le *Giornale della Società asiatica italiana*, vol. III, 1889, pp. 3-19; *Le Type indien de Lucifer chez Dante*, dans les *Actes du Xe Congrès des Orientalistes*. – M. Cabaton, dans l'article que nous avons cité plus haut, signale « qu'Ozanam avait déjà entrevu une double influence islamique et indienne subie par Dante » (*Essai sur la philosophie de Dante*, pp. 198 et suivantes) ; mais nous devons dire que l'ouvrage d'Ozanam, malgré la réputation dont il jouit, nous paraît extrêmement superficiel.

CHAPITRE VI
LES TROIS MONDES

La distinction des trois mondes, qui constitue le plan général de la *Divine Comédie*, est commune à toutes les doctrines traditionnelles ; mais elle prend des formes diverses, et, dans l'Inde même, il y en a deux qui ne coïncident pas, mais qui ne sont pas en contradiction non plus, et qui correspondent seulement à des points de vue différents. Suivant l'une de ces divisions, les trois mondes sont les Enfers, la Terre et les Cieux ; suivant l'autre, où les Enfers sont plus envisagés, ce sont la Terre, l'Atmosphère (ou région intermédiaire) et le Ciel. Dans la première, il faut admettre que la région intermédiaire est considérée comme un simple prolongement du monde terrestre ; et c'est bien ainsi qu'apparaît chez Dante le Purgatoire, qui peut être identifié à cette même région. D'autre part, en tenant compte de cette assimilation, la seconde division est rigoureusement équivalente à la distinction faite par la doctrine catholique entre l'Eglise militante, l'Eglise souffrante et l'Eglise triomphante ; là non plus, il ne peut être question de l'Enfer. Enfin, pour les Cieux et les Enfers, des subdivisions en nombre variable sont souvent envisagées ; mais dans tous les cas, il s'agit surtout d'une répartition hiérarchique des degrés de l'existence, qui sont réellement en multiplicité indéfinie, et qui peuvent être classés différemment suivant les correspondances analogiques que l'on prendra comme base d'une représentation symbolique.

Les Cieux sont les états supérieurs de l'être ; les Enfers, comme leur nom l'indique d'ailleurs, sont les états inférieurs, cela doit s'entendre à l'état humain ou terrestre, qui est pris naturellement comme terme de comparaison, parce qu'il est celui qui doit forcément nous servir de point de départ. L'initiation véritable étant une prise de possession consciente des états supérieurs, il est facile de comprendre qu'elle soit décrite symboliquement comme une ascension ou un « voyage céleste » ; mais on pourrait se demander pourquoi cette ascension doit être précédée d'une descente aux Enfers. Il y a à cela plusieurs raisons, que nous ne pourrions exposer complètement sans entrer dans de trop longs développements, qui nous entraîneraient bien loin du sujet spécial de notre présente étude ; nous dirons seulement ceci : d'une part, cette descente est comme une récapitulation des états qui précèdent logiquement l'état humain, qui en ont déterminés les conditions particulières, et qui doivent aussi participer à la «transformation» qui va s'accomplir ; d'autre part, elle permet la manifestation, suivant certaines modalités, des possibilités d'ordre inférieur que l'être porte encore en lui à l'état non développé, et qui doivent être épuisées par lui avant qu'il lui soit possible de parvenir à la réalisation de ses états supérieurs. Il faut bien remarquer, d'ailleurs, qu'il ne peut être question pour l'être de retourner effectivement à des états par lesquels il est déjà passé ; il ne peut explorer ces états qu'indirectement, en prenant conscience des traces qu'ils ont laissés dans les régions les plus obscures de l'état humain lui-même ; et c'est pourquoi les Enfers sont représentés symboliquement comme situés à l'intérieur de la Terre. Par contre, les Cieux sont bien réellement les états supérieurs, et non pas seulement leur reflet dans l'état humain, dont les prolongements les plus élevés ne constituent que la région intermédiaire ou le Purgatoire, la montagne au sommet de laquelle Dante place le Paradis terrestre. Le but réel de l'initiation n'est pas seulement la restauration de l'« état édénique », qui n'est qu'une étape sur la route qui doit mener bien plus haut, puisque c'est au-delà de cette étape que commence vraiment le «voyage céleste» ; ce but, c'est la conquête *active* des états «supra-humains», car, comme Dante le répète après l'Evangile, «*Regnum coelorum* violenza pate...[61]», et là est une différence essentielle qui existe entre les initiés et les mystiques. Pour exprimer les choses autrement, nous dirons que l'état humain doit d'abord être amené à la plénitude de son expansion, par la réalisation intégrale de ses possibilités propres (et cette plénitude est ce qu'il faut entendre ici par l'« état édénique ») ; mais loin d'être le terme, ce ne sera encore là que la base sur laquelle l'être s'appuiera pour « salire alle stelle[62] », c'est-à-dire pour s'élever aux états supérieurs, que figu-

---

[61] *Paradiso*, XX, 94.
[62] *Purgatorio*, XXXIII, 145. – Il est remarquable que les trois parties du poème se terminent toute par le même mot *stelle*, comme pour affirmer l'importance toute particulière qu'avait pour Dante le symbolisme astrologique. Les derniers mots de l'*Inferno*, « revider le stelle », caractérisent le retour à l'état proprement humain, d'où il est possible de percevoir comme un reflet des états supérieurs ; ceux du *Purgatorio* sont ceux-là même que nous expliquons ici. Quant au vers final de *Paradiso* : «L'Amor che muove il Sole e l'altre stelle», il désigne, comme le terme ultime du « voyage céleste », le centre divin qui est par-delà toutes les sphères, et qui est, suivant l'expression d'Aristote, le « moteur immobile » de toutes choses ; le nom d'« Amour » qui lui est attribué pourrait donner lieu à d'intéressantes considérations, en rapport avec le symbolisme propre à l'initiation des Ordres de chevalerie.

rent les sphères planétaires et stellaires dans le langage de l'astrologie, et les hiérarchies angéliques dans le langage théologique. Il y a donc deux périodes à distinguer dans l'ascension, mais la première, à vrai dire, n'est une ascension que par rapport à l'humanité ordinaire : la hauteur d'une montagne, quelle qu'elle soit, est toujours nulle en comparaison de la distance qui sépare la Terre des Cieux ; en réalité, c'est donc plutôt une extension, puisque c'est le complet épanouissement de l'état humain. Le déploiement des possibilités de l'être total s'effectue ainsi d'abord dans le sens de l'« ampleur », et ensuite dans celui de l'«exaltation», pour nous servir de termes empruntés à l'ésotérisme islamique ; et nous ajouterons encore que la distinction de ces deux périodes correspond à la division antique des «petits mystères» et des «grands mystères».

Les trois phases auxquelles se rapportent respectivement les trois parties de la *Divine Comédie* peuvent encore s'expliquer par la théorie hindoue des trois *gunas*, qui sont les qualités ou plutôt les tendances fondamentales dont procède tout être manifesté ; selon que l'une ou l'autre de ces tendances prédomine en eux, les êtres se répartissent hiérarchiquement dans l'ensemble des trois mondes, c'est-à-dire de tous les degrés de l'existence universelle. Les trois *gunas* sont : *sattwa*, la conformité à l'essence pure de l'Etre, qui est identique à la lumière de la Connaissance, symbolisée par la luminosité des sphères célestes qui représentent les états supérieurs ; *rajas*, l'impulsion qui provoque l'expansion de l'être dans un état déterminé, tel que l'état humain, ou, si l'on veut, le déploiement de cet être à un certain niveau de l'existence ; enfin, *tamas*, l'obscurité, assimilé à l'ignorance, racine ténébreuse de l'être considéré dans ses états inférieurs. Ainsi, *sattwa*, qui est une tendance ascendante, se réfère aux états supérieurs et lumineux, c'est-à-dire aux Cieux, et *tamas*, qui est une tendance descendante, aux états inférieurs et ténébreux, c'est-à-dire aux Enfers ; *rajas*, que l'on pourrait représenter par une extension dans le sens horizontal, se réfère au monde intermédiaire, qui est ici le «monde de l'homme», puisque c'est notre degré d'existence que nous prenons comme terme de comparaison, et qui doit être regardé comme comprenant la Terre avec le Purgatoire, c'est-à-dire l'ensemble du monde corporel et du monde psychique. On voit que ceci correspond exactement à la première des deux façons d'envisager la division des trois mondes que nous avons mentionnées précédemment ; et le passage de l'un à l'autre de ces trois mondes peut être décrit comme résultant d'un changement dans la direction générale de l'être, ou d'un changement du *guna* qui, prédominant en lui, détermine cette direction. Il existe précisément un texte védique où les trois *gunas* sont ainsi présentés comme se convertissant l'un dans l'autre en procédant selon l'ordre ascendant : « Tout était *tamas* : Il (le Suprême *Brahma*) commanda un changement, et *tamas* prit la teinte (c'est-à-dire la nature) de *rajas* (intermédiaire entre l'obscurité et la luminosité) ; et *rajas*, ayant reçu de nouveau un commandement, revêtit la nature de *sattwa* ». Ce texte donne comme un schéma de l'organisation des trois mondes, à partir du chaos primordial des possibilités, et conformément à l'ordre de génération et d'enchaînement des cycles de l'existence universelle. D'ailleurs, chaque être, pour réaliser toutes ses possibilités, doit passer, en ce qui le concerne particulièrement, par des états qui correspondent respectivement à ces différents cycles, et c'est pourquoi l'initiation, qui a pour but l'accomplissement total de l'être, s'effectue nécessairement par les mêmes phrases : le processus initiatique reproduit rigoureusement le processus cosmogonique, selon l'analogie constitutive du Macrocosme et du Microcosme.

CHAPITRE VII
LES NOMBRES SYMBOLIQUES

Avant de passer aux considérations qui se rapportent à la théorie des cycles cosmiques, nous devons maintenant présenter quelques remarques sur le rôle que joue le symbolisme des nombres dans l'œuvre de Dante ; et nous avons trouvé des indications fort intéressantes sur ce sujet dans un travail du professeur Rodolfo Benini[63], qui n'en a cependant pas tiré toutes les conclusions qu'elles nous paraissent comporter. Il est vrai que ce travail est une recherche du plan primitif de l'*Inferno*, entreprise dans les intentions qui sont surtout d'ordre littéraire ; mais les constatations auxquelles conduit cette recherche ont en réalité une réalité beaucoup plus considérable.

Suivant M. Benini, il y aurait pour Dante trois couples de nombres ayant une valeur symbolique par excellence : ce sont 3 et 9, 7 et 22, 515 et 666. Pour les deux premiers nombres, il n'y a aucune difficulté : tout le monde sait que la division générale du poème est ternaire, et nous venons d'en expliquer les raisons profondes ; d'autre part, nous avons déjà rappeler que 9 est le nombre de Béatrice, comme on le voit dans la *Vita Nuova*. Ce nombre 9 est d'ailleurs directement rattaché au précédent, puisqu'il en est le carré, et on pourrait l'appeler un triple ternaire ; il est le nombre des hiérarchies angéliques, donc celui des Cieux, et il est aussi celui des cercles infernaux, car il y a un certain rapport de symétrie inverse entre les Cieux et les Enfers. Quant au nombre 7, que nous trouvons particulièrement dans les divisions du Purgatoire, toutes les traditions s'accordent à le regarder également comme un nombre sacré, et nous ne croyons pas utiles d'énumérer ici toutes les applications auxquelles il donne lieu ; nous rappellerons seulement, comme l'une des principales, la considération des sept planètes, qui sert de base à une multitude de correspondance analogique (nous en avons vu un exemple à propos des sept arts libéraux). Le nombre 22 est lié à 7 par le rapport 22/7, qui est l'expression approximative du rapport de la circonférence au diamètre, de sorte que l'ensemble de ces deux nombres représente le cercle, qui est la figure parfaite pour Dante comme pour les Pythago-

---

[63] *Per la restituzione della Cantica dell'Inferno alla sua forma primitiva*, dans le *Nuovo Patto*, septembre- novembre 1921, pp.506-532.

riciens (et toutes les divisions de chacun des trois mondes ont cette forme circulaire); de plus, 22 réunit les symboles des deux «mouvements élémentaires» de la physique aristotélicienne: le *mouvement local*, représenté par le 2, et celui de l'*altération*, représenté par le 20, comme Dante l'explique lui-même par le *Convito*[64]. Telles sont, pour ce dernier nombre, les interprétations données par M. Benini; tout en reconnaissant qu'elles sont parfaitement justes, nous devons dire pourtant que ce nombre ne nous semble pas aussi fondamental qu'il le pense, et qu'il nous apparaît surtout comme dérivé d'un autre que le même auteur ne mentionne qu'à titre secondaire, alors qu'il a en réalité une plus grande importance : c'est le nombre 11, dont 22 n'est qu'un multiple.

Ici, il nous faut insister quelque peu, et nous dirons tout d'abord que cette lacune nous a d'autant plus étonnée chez M. Benini, que tout son travail s'appuie sur la remarque suivante : dans l'*Inferno*, la plupart des scènes complètes ou épisodes en lesquels se subdivisent les divers chants comprennent exactement onze ou vingt-deux strophes (quelques-uns dix seulement); il y a aussi un certain nombre de préludes et de finales en sept strophes; et, si ces proportions n'ont pas toujours été conservées intactes, c'est que le plan primitif de l'*Inferno* a été modifié ultérieurement. Dans ces conditions, pourquoi 11 ne serait-il pas au moins aussi important à considérer que 22 ? Ces deux nombres se trouvent encore associés dans les dimensions assignées aux extrêmes « bolgie », dont les circonférences respectives sont de 11 et 22 milles; mais 22 n'est pas le seul multiple de 11 qui intervienne dans le poème. Il y a aussi 33, qui est le nombre des chants en lesquels se divise chacune des trois parties; l'*Inferno* seul en a 34, mais le premier est plutôt une introduction générale, qui complète le nombre total de 100 pour l'ensemble de l'œuvre. D'autre part, quand on sait ce qu'était le rythme pour Dante, on peut penser que ce n'est pas arbitrairement qu'il a choisi le vers de onze syllabes, pas plus que la strophe de trois vers qui nous rappelle le ternaire; chaque a 33 syllabes, de même que les ensembles de 11 et 22 strophes dont il vient d'être question contiennent respectivement 33 et 66 vers; et les divers multiples de 11 que nous trouvons ici ont tous une valeur

---

[64] Le troisième « mouvement élémentaire », celui de l'*accroissement*, est représenté par 1000; et la somme des trois nombres symboliques est 1022, que les « sages d'Égypte », au dire de Dante, regardaient comme le nombres des étoiles fixes.

symbolique particulière. Il est donc bien insuffisant de se borner, comme le fait M. Benini, à introduire 10 et 11 entre 7 et 22 pour former « un tétracorde qui a une vague ressemblance avec le tétracorde grec », et dont l'explication nous semble plutôt embarassée.

La vérité, c'est que le nombre 11 jouait un rôle considérable dans le symbolisme de certaines organisations initiatiques ; et, quant à ses multiples, nous rappellerons simplement ceci : 22 est le nombre de lettres de l'alphabet hébraïque, et l'on sait quelle en est l'importance dans la Kabbale ; 33 est le nombre des années de la vie terrestre du Christ, qui se retrouve dans l'âge symbolique du Rose-Croix maçonnique, et aussi dans le nombre des degrés de la Maçonnerie écossaise ; 66 est, en arabe, la valeur numérique totale du nom d'*Allah*, et 99 est le nombre des principaux attributs divins suivant la tradition islamique ; sans doute pourrait-on relever encore bien d'autres rapprochements. En dehors des significations diverses qui peuvent s'attacher à 11 et à ses multiples, l'emploi qu'en a fait Dante constituait un véritable « signe de reconnaissance », au sens le plus stricte de cette expression ; et c'est là, pour nous, que réside précisément la raison des modifications que l'*Inferno* a dû subir après sa première rédaction. Parmi les motifs qui ont pu amener ces modifications, M. Benini envisage certains changements dans le plan chronologique et architectonique de l'œuvre, qui sont possibles sans doute, mais qui ne nous paraissent pas nettement prouvés ; mais il mentionne aussi «des *faits nouveaux* dont le poète voulait tenir compte dans le système des prophéties», et c'est ici qu'il nous semble approcher la vérité, surtout lorsqu'il ajoute : «par exemple, la mort du pape Clément V, arrivée en 1314, alors que l'*Inferno*, dans sa première rédaction, devait être terminée». En effet, la vraie raison, à nos yeux, ce sont les événements qui eurent lieu de 1300 à 1314, c'est-à-dire la destruction de l'Ordre du Temple et ses diverses conséquences[65] ; et Dante, d'ailleurs, n'a pu s'empêcher d'indiquer ces événements, lorsque, faisant prédire par Hugues Capet les crime de Philippe le Bel, après

---

[65] Il est intéressant de considérer la succession de ces dates : en 1307, Philippe le Bel, d'accord avec Clément V, fait emprisonner le Grand-Maître et les principaux dignitaires de l'Ordre du Temple (au nombre de 72, dit-on, et c'est là encore un nombre symbolique ; en 1308, Henri de Luxembourg est élu empereur ; en 1312, l'Ordre du Temple est aboli officiellement ; en 1313, l'empereur Henri VII meurt mystérieusement, sans doute empoisonné ; en 1314 a lieu le supplice des Templiers dont le procès durait depuis sept ans ; la même année, le roi Philippe le Bel et le pape Clément V meurt à leur tour.

avoir parlé de l'outrage que celui-ci fit subir au « Christ dans son vicaire », il poursuit en ces termes[66] :

Veggio il nuovo Pilato si crudele,
Che cio nol sazia, ma, senza decreto, Portaz nel Tempio le cupide vele.

Et, chose plus étonnante, la strophe suivante[67] contient, en propres termes, le *Nekam Adonaï*[68] des *Kadosh Templiers*

O Signor lio, quando saro io lieto A veder la vendetta, che, nascosa Fa dolce l'ira tua nel tuo segreto?

Ce sont là, très certainement, les « faits nouveaux » dont Dante eut à tenir compte, et cela pour d'autres motifs que ceux auxquels on peut penser lorsqu'on ignore la nature des organisations auxquelles il appartenait. Ces organisations, qui procédaient de l'Ordre du Temple et qui eurent à recueillir une partie de son héritage, durent se dissimuler alors beaucoup plus soigneusement qu'auparavant, surtout après la mort de leur chef extérieur, l'empereur Henri VII de Luxembourg, dont Béatrice, par anticipation, avait montré à Dante le siège dans le plus haut des Cieux[69]. Dès lors, il convenait de cacher le signe «de

---

[66] *Purgatorio*, XX, 91-93. – Le mobile de Philippe le Bel, pour Dante, c'est l'avarice et la cupidité ; il y a peut-être une relation plus étroite qu'on ne pourrait le supposer entre deux faits imputables à ce roi : la destruction de l'Ordre du Temple et l'altération des monnaies.
[67] *Purgatorio*, XX, 94-96.
[68] En hébreu, ces mots signifient : « Vengeance, ô Seigneur ! » Adonaï devrait se traduire plus littéralement par « mon Seigneur », et l'on remarquera que c'est exactement ainsi qu'il se trouve rendu dans le texte de Dante.
[69] *Paradiso*, XXX, 124-148. Ce passage est précisément celui dans lequel il est question du « convento delle bianche stole ». – Les organisations dont il s'agit avaient pris pour mot de passe *Altri*, qu'Aroux (*Dante hérétique, révolutionnaire et socialiste* p. 227) interprète ainsi : *Arrigo Lucemburghese, Teutonico, Romano Imperatore;* nous pensons que le mot *Teutonico* est inexacte et doit être remplacé par *Templare*. Il est vrai, d'ailleurs, qu'il devait y avoir un certain rapport entre l'Ordre du Temple et celui des *Chevaliers teutoniques ;* ce n'est pas sans raison qu'ils furent fondés presque simultanément, le premier en 1118 et le second en 1128. Aroux suppose que le mot *Altri* pourrait être interprété comme il vient d'être dit dans un certain passage de Dante (*Inferno*, IX, 9), et que, de même, le mot *tal* (*id.*, VIII, 130, et IX, 8) pourrait se traduire par *Teutonico Arrigo Lucemburghese*.

reconnaissance» auquel nous avons fait allusion : les divisions du poème où le nombre 11 apparaissait le plus clairement devaient être, non pas supprimées, mais rendues moins visibles, de façon à pouvoir seulement être retrouvées par ceux qui en connaîtraient la raison d'être et la signification ; et, si l'on songe qu'il s'est écoulé six siècles avant que leur existence ait été signalée publiquement, il faut admettre que les précautions voulues avaient été bien prises, et qu'elles ne manquaient pas d'efficacité[70].

D'un autre côté, en même temps qu'il apportait ces changements à la première partie de son poème, Dante en profitait pour y introduire de nouvelles références à d'autres nombres symboliques ; et voici ce qu'en dit M. Benini : « Dante imagina alors de régler les intervalles entre les prophéties et autres traits saillants du poème, de manière que ceux-ci se répondissent l'un à l'autre après des nombres déterminés de vers, choisis naturellement parmi les nombres symboliques. En somme, ce fut un système de consonances et de périodes rythmiques, substitué à un autre, mais bien plus compliqué et *secret* que celui-ci, comme il convient au langage de la révélation parlée par des êtres qui voient l'avenir. Et voici apparaître les fameux 515 et 666, dont la trilogie est pleine : 666 vers séparent la prophétie de Ciacco de celle de Virgile, 515 la prophétie de Farinata de celle de Ciacco ; 666 s'interposent de nouveaux entre la prophétie de Brunetto Latini et celle de Farinata, et encore 515 entre la prophétie de Nicolas III et celle de messire Brunetto. » Ces nombres 515 et 666, que nous voyons alterner ainsi régulièrement, s'opposent l'un à l'autre dans le symbolisme adopté par Dante : en effet, on sait que 666 est dans l'*Apocalypse* le «nombre de la bête», et qu'on s'est livré à d'innombrables calculs, souvent fantaisistes, pour trouver le nom de l'Antéchrist, dont il doit représenter la valeur numérique, «car ce nombre est un nombre d'homme[71]» ; d'une part, 515 est énoncé expressément, avec une signification directement contraire à celle-là, dans la prédiction de Béatrice : «Un *cinquecento diece e cinque*, messo di

---

[70] Le nombre 11 a été conservé dans le rituel du 33ème degré écossais, où il est précisément associé à la date de l'abolition de l'Ordre du Temple, comptée suivant l'ère maçonnique et non selon l'ère vulgaire.
[71] *Apocalypse*, XIII, 18.

Dio...[72]» On a pensé que ce 515 était la même chose que le mystérieux *Veltro*, ennemi de la louve qui se trouve ainsi identifiée à la bête apocalyptique[73] ; et on a même supposé que l'un et l'autre de ces symboles désignaient Henri de Luxembourg[74]. Nous n'avons pas l'intention de discuter ici la signification du *Veltro*[75], mais nous ne croyons pas qu'il faille y voir une allusion à un personnage déterminé ; pour nous, il s'agit seulement d'un des aspects de la conception générale que Dante se fait de l'Empire[76]. M. Benini remarquant que le nombre 515 se transcrit en lettres latines par DXV, interprète ces lettres comme les initiales désignant *Dante, Veltro di Cristo* ; mais cette interprétation est singulièrement forcée, et d'ailleurs rien n'autorise à supposer que Dante ait voulu s'identifier lui-même à cet « envoyé de Dieu ». En réalité, il suffit de changer l'ordre des lettres numériques pour avoir DVX, c'est-à-dire le mot *Dux*, qui se comprend sans autre explication[77] ; et nous ajouterons que la somme des chiffres de 515 donne encore le nombre 11[78] : ce *Dux* peut bien être Henri de Luxembourg, si l'on veut, mais il est aussi, et au même titre, tout

---

[72] *Purgatorio*, XXXIII, 43-44.
[73] *Inferno*, I, 100-111. —On sait que la louve fut d'abord le symbole de Rome, mais qu'elle fut remplacée par l'aigle à l'époque impériale.
[74] E. G. Parodi, *Poesia e Storia nella Divina Commedia*.
[75] Le *Veltro* est un lévrier, un chien, et Aroux suggère la possibilité d'une sorte de jeu de mots entre *cane* et le titre de *Khan* donné par les Tartares à leur chef ; ainsi, un nom comme celui de *Cane Grande della Scala*, le protecteur de Dante, pourrait bien avoir eu un double sens. Ce rapprochement n'a rien d'invraisemblable, car ce n'est pas le seul exemple que l'on puisse donner d'un symbolisme reposant sur une similitude phonétique ; nous ajouterons même que dans diverses langues, la racine *can* ou *kan* signifie puissance, ce qui se rattache encore au même ordre d'idées.
[76] L'Empereur, tel que le conçoit Dante, est tout à fait comparable au *Chakravartî* ou monarque universel des Hindous, dont la fonction essentielle est de faire régner la paix *sarvabhaumika*, c'est-à-dire s'étendant à toute la terre ; il y aurait aussi des rapprochements à faire entre cette théorie de l'Empire et celle du Khalifat chez Mohyiddin.
[77] On peut d'ailleurs remarquer que ce *Dux* est l'équivalent du *Khan* tartare.
[78] De même, les lettres DIL, premières des mots *Diligite justitiam*..., et qui sont d'abord énoncées séparément (*Paradiso*, XVIII, 78), valent 551, qui est formé des mêmes chiffres que 515, placés dans un autre ordre, et qui se réduit également à 11.

autre chef qui pourra être choisi par les mêmes organisations pour réaliser le but qu'elles s'étaient assigné dans l'ordre social, et que la Maçonnerie écossaise désigne encore comme le «règne du Saint-Empire»[79].

---

[79] Certains Suprêmes Conseils écossais, notamment celui de Belgique, ont cependant éliminé de leurs Constitutions et de leurs rituels l'expression de « Saint-Empire » partout où elle se trouvait ; nous voyons l'indice d'une singulière incompréhension du symbolisme jusque dans ses éléments les plus fondamentaux, et cela montre à quel degré de dégénérescence en sont arrivées, même dans les plus hauts grades, certaines fractions de la Maçonnerie contemporaine.

CHAPITRE VIII
LES CYCLES COSMIQUES

Après ces observations que nous croyons propres à fixer quelques points historiques importants, nous arrivons à ce que M. Benini appelle la « chronologie » du poème de Dante. Nous avons déjà rappelé que celui-ci accomplit son voyage à travers pendant la semaine sainte, c'est-à-dire au moment de l'année liturgique qui correspond à l'équinoxe de printemps ; et nous avons vu aussi que c'est à cette époque, suivant Aroux, que les *Cathares* faisaient leurs initiations. D'autre part, dans les chapitres maçonniques de Rose-Croix, la commémoration dela Cène est célébrée le jeudi saint, et la reprise des travaux a lieu symboliquement le vendredi à trois heures de l'après-midi, c'est-à-dire au jour et à l'heure où mourut le Christ. Enfin, le commencement de cette semaine sainte de l'an 1300 coïncide avec la pleine lune ; et l'on pourrait faire remarquer à ce propos, pour compléter les concordances signalées par Aroux, que c'est aussi à la pleine lune que les *Noachites* tiennent leurs assemblées.

Cette année 1330 marque pour Dante le milieu de sa vie (il avait alors 35 ans), et elle est aussi pour lui le milieu des temps ; ici encore, nous citerons ce que fit M. Benini : «Ravi dans une pensée extraordinairement égocentrique, Dante situa sa vision au milieu de la vie du monde – le mouvement des cieux avait duré 65 siècles jusqu'à lui, et il devait en durer 65 aprèslui – et, par un jeu habile, il y fit se rencontrer les anniversaires exacts, en trois espèces d'années astronomiques, des plus grands évènements de l'histoire, et, en une quatrième espèce, l'anniversaire du plus grand événement de sa vie personnelle.» Ce qui doit surtout retenir notre attention, c'est l'évaluation de la durée totale du monde, nous dirions plutôt du cycle actuel : deux fois 65 siècles, c'est-à-dire 130 siècles ou 13 000 ans, dont les 13 siècles écoulés depuis le début de l'ère chrétienne forment exactement le dixième. Le nombre 65 est d'ailleurs remarquable en lui-même : par l'addition de ses chiffres, il se ramène encore à 11, et, de plus, ce nombre 11 s'y trouve décomposé en 6 et 5, qui sont les nombres symboliques respectifs du Macrocosme et du Microcosme, et que Dante fait sortir l'un et l'autre de l'unité principielle lorsqu'il dit : «...Cosi come raia dell' *un*, se si conosce, il *cinque* et il *sei*.[80]» Enfin, en

---

[80] *Paradiso*, XV, 56-57.

traduisant 65 en lettres latines comme nous l'avons fait pour 515, nous avons LXV, ou, avec la même inversion que précédemment, LVX, c'est-à-dire le mot *Lux ;* et ceci peut avoir un rapport avec l'ère maçonnique de la *Vraie Lumière*[81].

Mais voici ce qu'il y a de plus intéressant : la durée de 13 000 ans n'est pas autre chose que la demi-période de la précession des équinoxes, évaluées avec une erreur qui est seulement de 40 ans par excès, donc inférieure à un demi-siècle, et qui représente parconséquent une approximation tout à fait acceptable, surtout lorsque cette durée est exprimée en siècles. En effet, la période totale est en réalité de 25 920 ans, de sorte que sa moitié est de 12 960 ans ; cette demi-période est la « grande année » des Perses et des Grecs, évaluée parfois aussi à 12 000 ans, ce qui est beaucoup moins exact que les 13 000 ans de Dante. Cette « grande année » était effectivement regardée par les anciens comme le temps qui s'écoule entre deux rénovations du monde, ce qui soit sans doute s'interpréter, dans l'histoire de l'humanité terrestre, comme l'intervalle séparant les grands cataclysmes dans lesquels disparaissent des continents entiers (et dont le dernier fut la destruction de l'Atlantide). À vrai dire, ce n'est là qu'un cycle secondaire, qui pourrait être considéré comme une fraction d'un autre cycle plus étendu ; mais, en vertu d'une certaine loi de correspondance, chacun des cycles secondaires reproduit, à une échelle plus réduite, des phases qui sont comparables à celle des grands cycles dans lesquels il s'intègre. Ce qui peut être dit des lois cycliques en général trouvera donc son application à différents degrés : cycles historiques, cycles géologiques, cycles proprement cosmiques, avec des divisions et des subdivisions qui multiplient encore ces possibilités d'application. D'ailleurs, quand on dépasse les limites du monde terrestre, il ne peut plus être question de mesurer la durée d'un cycle par un nombre d'année entendu littéralement ; les nombres prennent alors une valeur purement symbolique, et ils expriment des proportions plutôt que des durées réelles. Il n'en est pas moins vrai que, dans la cosmologie hindoue, tous les nombres cycliques sont essentiellement basés sur la période de la précession des équinoxes, avec laquelle ils ont des rapports nettement déter-

---

[81] Nous ajouterons encore que le nombre 65 est, en hébreu, celui du nom divin *Adonaï*.

minés[82] ; c'est donc là le phénomène fondamental dans l'application astronomique des lois cycliques, et, par suite, le point de départ naturel de toutes les transpositions analogiques auxquelles ces mêmes lois peuvent donner lieu. Nous ne pouvons songer à entrer ici dans le développement de ces théories ; mais il est remarquable que Dante ait pris la même base pour sa chronologie symbolique, et, sur ce point encore, nous pouvons constater son parfait accord avec les doctrines traditionnelles de l'Orient[83].

Mais on peut se demander pourquoi Dante situe sa vision exactement au milieu de la « grande année », et s'il faut vraiment parler à ce propos d'« égocentrisme », ou s'il n'y a pas quelques raisons d'un autre ordre. Nous pouvons d'abord faire remarquer que, si l'on prend un point de départ quelconque dans le temps, et si l'on compte à partir de cette origine la durée de la période cyclique, on aboutira toujours à un point qui sera en parfaite correspondance avec celui dont on est parti, car c'est cette correspondance même entre les éléments des cycles successifs qui assurent la continuité de ceux-ci. On peut donc choisir l'origine de façon à se placer idéalement au milieu d'une telle période ; on a ainsi deux durées égales, l'une antérieure et l'autre postérieure, dans l'ensemble desquelles s'accomplit véritablement toute la révolution des cieux, puisque toutes choses se retrouvent à a fin dans une position, on pas identique (le prétendre serait tomber dans l'erreur du « retour éternel » de Nietzsche), mais analogiquement correspondante à celles qu'elles avaient au commencement. Ceci peut être représenté géométriquement de la façon

---

[82] Les principaux de ces nombres cycliques sont 72, 108 et 432 ; il est facile de voir que ce sont là des fractions exactes du nombre 25920, auquel ils sont rattachés immédiatement par la division géométrique du cercle ; et cette division elle-même est encore une application des nombres cycliques.

[83] Du reste, il y a au fond accord de toutes les traditions, quelles que soient leurs différences de forme ; c'est ainsi que la théorie des quatre âges de l'humanité (qui se rapporte à un cycle plus étendu que celui de 13 000 ans) se trouve à la fois dans l'antiquité gréco-romaine, chez les Hindous et chez les peuples de l'Amérique centrale. On peut trouver une allusion à ces quatre âges (d'or, d'argent, d'airain et de fer) dans la figure du « vieillard de la Crète » (*Inferno*, WIV, 94-120) qui est d'ailleurs identique à la statue du songe de Nabuchodonosor (*Daniel*, II) ; et les quatre fleuves des Enfers, que Dante en fait sortir, ne sont pas sans avoir un certain rapport analogique avec ceux du Paradis terrestre, tout cela peut se comprendre que si l'on se réfère aux lois cycliques.

suivante : si le cycle dont il s'agit est la demi-période de la précession des équinoxes, et si l'on figure la période entière par une circonférence, il suffira de tracer un diamètre horizontal pour partager cette circonférence en deux moitiés dont chacune représentera une demi-période, le commencement et la fin de celle-ci correspondant aux deux extrêmités du diamètre ; si l'on considère seulement la demi-circonférence supérieure, et si l'on trace le rayon vertical, celui-ci aboutira au point médian, correspondant au «milieu des temps». La figure ainsi obtenue est le signe ⊕, c'est-à-dire le symbole alchimique du règne minéral[84] ; surmonté d'une croix, c'est le « globe du monde », hiéroglyphe de la Terre et emblème du pouvoir impérial[85]. Ce dernier usage du symbole dont il s'agit permet de penser qu'il devait avoir pour Dante une valeur particulière ; et l'adjonction de la croix se trouve impliquée dans le fait que le point central où il se plaçait correspondait géographiquement à Jérusalem, qui représentait pour lui ce que nous pouvons appeler le « pôle spirituel[86] ». D'autre part, aux antipodes de Jérusalem, c'est-à-dire l'autre pôle, s'élève le mont du Purgatoire, au-dessus duquel brillent les quatre étoiles qui forment la constellation de la « Croix du Sud[87] » ; là est l'entrée des Cieux, comme au-dessous de Jérusalem est l'entrée des Enfers ; et nous trouvons figurée, dans cette opposition, l'antithèse du « Christ douloureux » et du « Christ glorieux ».

On pourra trouver étonnant, au premier abord, que nous établissions ainsi une assimilation entre un symbolisme chronologique et un symbolisme géographique ; et pourtant c'est là que nous voulions en venir pour donner à la remarque qui précède sa véritable signification, car la succession temporelle, en tout ceci, n'est elle-même qu'un mode d'expression symbolique. Un cycle quelconque peut être partagé en deux phases, qui sont, chronologiquement, ses deux moitiés successives, et c'est sous cette forme que nous les avons envisagées tout d'abord ; mais en réalité, ces deux phases représentent respectivement l'action de deux tendances adverses, et d'ailleurs complémentaires ; et

---

[84] Ce symbole est un de ceux qui se rapportent à la division quaternaire du cercle, dont les applications analogiques sont presque innombrables.
[85] Cf. Oswald Wirth, *le Symbolisme hermétique dans ses rapports avec l'Alchimie et la Franc-Maçonnerie*, pp. 19 et 70-71.
[86] Le symbolisme du pôle joue un rôle considérable dans toutes les doctrines traditionnelles ; mais, pour en donner l'explication complète, il faudrait pouvoir y consacrer toute une étude spéciale.
[87] *Purgatorio*, I, 22-27.

cette action peut évidemment être simultanée aussi bien que successive. Se placer au milieu du cycle, c'est donc se placer au point où ces deux tendances s'équilibrent ; c'est, comme disent les initiés musulmans, « le lieu divin où se concilient les contrastes et les antinomies » ; c'est le centre de « la roue des choses », suivant l'expression hindoue, ou l'« invariable milieu » de la tradition extrême-orientale, le point fixe autour duquel s'effectue la rotation des sphères, la mutation perpétuelle du monde manifesté. Le voyage de Dante s'accomplit suivant l'« axe spirituel » du monde ; de là seulement, en effet, on peut envisager toutes choses en mode permanent, parce qu'on est soi-même soustrait au changement, et en avoir par conséquent une vue synthétique et totale.

Au point de vue proprement initiatique, ce que nous venons d'indiquer répond encore à une vérité profonde ; l'être doit avant tout identifier le centre de sa propre individualité (représenté par le cœur dans le symbolisme traditionnel) avec le centre cosmique de l'état d'existence auquel appartient cette individualité, et qu'il va prendre comme base pour s'élever aux états supérieurs. C'est en ce centre que réside l'équilibre parfait, image de l'immutabilité principielle dans le monde manifesté ; c'est là que se projette l'axe qui relie entre eux tous les états, le « rayon divin » qui, dans son sens ascendant, conduit directement à ces états supérieurs qu'il s'agit d'atteindre. Tout point possède virtuellement ces possibilités et est, si l'on peut dire, le centre en puissance ; mais il faut qu'il le devienne effectivement, par une identification réelle, pour rendre actuellement possible l'épanouissement totale de l'être. Voilà pourquoi Dante, pour pouvoir s'élever aux Cieux, devait se placer tout d'abord en un point qui soit véritablement le centre du monde terrestre ; et ce point l'est à la fois selon le temps et l'espace, c'est-à-dire par rapport aux deux conditions qui caractérisent essentiellement l'existence de ce monde.

Si maintenant nous reprenons la représentation géométrique dont nous nous sommes servis précédemment, nous voyons encore que le rayon vertical, allant de la surface de la terre à son centre, correspond à la première partie du voyage de Dante, c'est-à-dire à la traversée des Enfers. Le centre de la terre est le point le plus bas, puisque c'est là que tendent de toutes parts les forces de la pesanteur ; aussitôt qu'il est dépassé, la remontée commence donc, et elleva s'effectuer dans la direction opposée, pour aboutir aux antipodes du point de départ. Pour représenter cette seconde phase, il faut donc prolonger le rayon au-delà du centre, de façon à compléter le diamètre vertical ; on a alors la figure du cercle divisé par une croix, c'est-à-dire le signe ⊡, qui est le symbole hermétique du règne végétal. Or, si l'on envisage d'une façon générale la nature des éléments symboliques qui jouent un rôle prépondérant dans les deux premières parties du poème, on peut constater en effet qu'ils se rapportent respectivement aux deux règnes minéral et végétal ; nous n'insisterons pas sur la relation évidente qui unit le premier aux régions intérieures de la terre, et nous rappellerons seulement les arbres mystiques du Purgatoire et du Paradis terrestre. On pourrait s'attendre à voir la correspondance se poursuivre entre la troisième partie et le règne animal[88] ; mais, à vrai dire, il n'en est rien, parce que les limites du monde terrestre sont ici dépassées, de sorte qu'il n'est plus possible d'appliquer la suite du même symbolisme. C'est à la fin de la seconde partie, c'est-à-dire encore dans le Paradis terrestre, que nous trouvons la plus grande abondance de symboles animaux ; il faut avoir parcouru les trois règnes, qui représentent les diverses modalités de l'existence de notre monde, avant de passer à d'autres états, dont les conditions sont toutes différentes[89].

Il nous faut encore considérer les deux points opposés, situés aux extrémités de l'axe traversant la terre, et qui sont, comme nous l'avons dit, Jérusalem et le Paradis terrestre. Ce sont là, en quelque sorte, les projections verticales des deux points marquant le commencement et la fin du cycle chronologique, et que nous avions, comme tels, fait correspondre aux extrémités du diamètre horizontal dans la figuration précédente. Si ces extrémités représentent leur opposition suivant le temps, et si celles du diamètre vertical représentent leur opposition suivant l'espace, on a ainsi l'expression du rôle complémentaire des deux principes dont l'action, dans notre monde,

---

[88] Le symbolisme hermétique du règne animal est le signe ⊕, qui comporte le diamètre vertical entier et la moitié seulement du diamètre horizontal ; ce symbole est en quelque sorte inverse de celui du règne minéral, ce qui était horizontal dans l'un devenant vertical dans l'autre et réciproquement ; et le symbole du règne végétal, où il y a une sorte de symétrie ou d'équivalence entre les deux directions horizontale et verticale, représente bien un stade intermédiaire entre les deux autres.

[89] Nous ferons remarquer que les trois grades de la Maçonnerie symbolique ont, dans certains rites, des pots de passe qui représentent aussi respectivement les trois règnes, minéral, végétal et animal ; de plus, le premier de ces mots s'interprète parfois en un sens qui est dans un étroit rapport avec le symbolisme du « globe du monde ».

se traduit par l'existence des deux conditions de temps et d'espace. La projection verticale pourrait être regardée comme une projection dans l'« intemporel », s'il est permis de s'exprimer ainsi, puisqu'elle s'effectue suivant l'axe d'où toutes les choses sont envisagées en mode permanent et non plus transitoire ; le passage du diamètre horizontal au diamètre vertical représente donc véritablement une transmutation de la succession en simultanéité.

Mais, dira-t-on, quel rapport y a-t-il entre les deux points dont il s'agit et les extrémités du cycle chronologique ? Pour l'un d'eux, le Paradis terrestre, le rapport est évident, et c'est bien là ce qui correspond au commencement du cycle ; mais pour l'autre, il faut remarquer que la Jérusalem terrestre est prise comme la préfiguration de la Jérusalem céleste que décrit l'*Apocalypse*; symboliquement, d'ailleurs, c'est aussi à Jérusalem qu'on place le lieu de la résurrection et du jugement qui terminent le cycle. La situation des deux points aux antipodes l'un de l'autre prend encore une nouvelle signification si l'on observe que la Jérusalem céleste n'est pas autre chose que la reconstitution même du Paradis terrestre, suivant une analogie s'appliquant en sens inverse[90]. Au début des temps, c'est-à-dire du cycle actuel, le Paradis terrestre a été rendu inaccessible par suite de la chute de l'homme ; la Jérusalem nouvelle doit « descendre du ciel en terre » à la fin même de ce cycle, pour marquer le rétablissement de toutes choses dans leur ordre primordial, et l'on peut dire qu'elle jouera pour le cycle futur le même rôle que le Paradis terrestre pour celui-ci. En effet, la fin d'un cycle est analogue à son commencement, et elle coïncide avec le cycle suivant ; ce qui n'était que virtuel au début de cycle se trouve effectivement réalisé à sa fin, et engendre alors immédiatement les virtualités qui se développent à leur tour au cours du cycle futur ; mais c'est là une question sur laquelle nous ne pourrions insister davantage sans sortir entièrement de notre sujet[91].

---

[90] Il y a entre le Paradis terrestre et la Jérusalem Céleste le même rapport qu'entre les deux Adam dont parle Saint-Paul (1ᵉʳ *Épîtres aux* Corinthiens, XV).

[91] Il y a encore à ce propos bien d'autres questions qu'il pourrait être intéressant d'approfondir, par exemple celle-ci : pourquoi le Paradis terrestre est-il décrit comme un jardin et avec un symbolisme végétal, tandis que la Jérusalem céleste est décrite comme une ville et avec un symbolisme minéral ? C'est que la végétation représente l'élaboration des germes dans la sphère de l'assimilation vitale, tandis que les minéraux représentent les résultats définitivement fixés, « cristallisés » pour ainsi dire, au terme du développement cyclique.

Nous ajouterons seulement, pour indiquer encore un autre aspect du même symbolisme, que le centre de l'être, auquel nous avons fait allusion plus haut, est désigné par la tradition hindoue comme la « ville de Brahma » (en sanscrit *Brahma-Pura*), et que plusieurs textes en parlent dans des termes qui sont presque identiques à ceux que nous trouvons dans la description apocalyptique de la Jérusalem céleste[92]. Enfin, et pour revenir à ce qui concerne plus directement le voyage de Dante, il convient de noter que, si c'est le point initial du cycle qui devient le terme de la traversée du monde terrestre ; il y a là une allusion formelle à ce «retour aux origines» qui tient une place importante dans toutes les doctrines traditionnelles, et sur lequel, par une rencontre assez remarquable, l'ésotérisme islamique et le Taoïsme insistent plus particulièrement ; ce dont il s'agit, d'ailleurs, est encore la restauration de l'«état édénique», dont nous avons déjà parlé, et qui doit être regardé comme une condition préalable pour la conquête des états supérieurs de l'être.

Le point équidistant des deux extrémités dont nous venons de parler, c'est-à-dire le centre de la terre, est, comme nous l'avons dit, le point le plus bas, et il correspond aussi au milieu du cycle cosmique, lorsque ce cycle est envisagé chronologiquement, ou sous l'aspect de la succession. En effet, on peut alors en diviser l'ensemble en deux phases, l'une descendante, allant dans le sens d'une différenciation de plus en plus accentuée, et l'autre ascendante, en retour vers l'état principiel. Ces deux phases, que la doctrine hindoue compare à celle de la respiration, se retrouvent également dans les théories hermétiques, où elles sont appelées « coagulation » et « solution » : en vertu

---

[92] Le rapprochement auquel ces textes donnent lieu est encore plus significatif quand on connaît la relation qui unit l'*Agneau* du symbolisme chrétien à l'*Agni* védique (dont le véhicule est d'ailleurs représenté par le bélier). Nous ne prétendons pas qu'il y ait, entre les mots *Agnus* et *Ignis* (équivalent latin d'*Agni*), autre chose que ces similitudes phonétiques auxquelles nous faisions allusion plus haut, qui peuvent fort bien ne correspondre à aucune parenté linguistique proprement dite, mais qui ne sont pas pour cela purement accidentelles. Ce dont nous voulons parler surtout, c'est d'un certain aspect du symbolisme du feu, qui, dans diverses formes traditionnelles, se lie assez étroitement à l'idée de l'« Amour », transposé en un sens supérieur comme le fait Dante ; et, en cela, Dante s'inspire encore de Saint Jean, auquel les Ordres de chevalerie ont toujours rattachés principalement leurs conceptions doctrinales. –Il convient de remarquer, en outre, que l'Agneau se trouve associé à la fois aux représentations du Paradis terrestre et à celles de la Jérusalem céleste.

des lois de l'analogie, le « Grand œuvre » reproduit en abrégé tout le cycle cosmique. On peut y voir la prédominance respective des deux tendances adverses, *tamas* et *sattwa*, que nous avons définies précédemment : la première se manifeste dans toutes les forces de contraction et de condensation, la seconde dans toutes les forces d'expansion et de dilatation ; et nous trouvons encore, à cet égard, une correspondance avec les propriétés opposées de la chaleur et du froid, la première dilatant les corps, tandis que le second les contracte ; et c'est pourquoi le dernier cercle de l'Enfer est gelé. Lucifer symbolise l'«attrait inverse de la nature», c'est-à-dire la tendance à l'individualisation, avec toutes les limitations qui lui sont inhérentes ; son séjour est donc «il punto al qual si traggon d'ogni parte i pesi[93]», ou, en d'autres termes, le centre de ces forces attractives et compressives qui, dans le monde terrestre, sont représentées par la pesanteur ; et celle-ci, qui attire les corps vers le bas (lequel est en tout lieu le centre de la terre), est véritablement une manifestation de *tamas*. Nous pouvons noter en passant que ceci va à l'encontre de l'hypothèse géologique du « feu central », car le point le plus bas doit être précisément celui où la densité et la solidité sont à leur maximum ; et d'autre part, ce n'est pas moins contraire à l'hypothèse, envisagées par certains astronomes, d'une « fin du monde » par congélation, puisque cette fin ne peut être qu'un retour à l'indifférenciation. D'ailleurs, cette dernière hypothèse est en contradiction avec toutes les conceptions traditionnelles : ce n'est pas seulement pour Héraclite et les Stoïciens que la destruction du monde devait coïncider avec son embrasement ; la même affirmation se retrouve à peu près partout, des *Purânas* de l'Inde à l'*Apocalypse*; et nous devons encore constater l'accord de ces traditions avec la doctrine hermétique, pour laquelle le feu (qui est celui des éléments en lequel *sattwa* prédomine) est l'agent de la «rénovation de la nature» ou de la « réintégration finale ».

Le centre de la terre représente donc le point extrême de la manifestation dans l'état d'existence considéré ; c'est un véritable point d'arrêt, à partir duquel se produit un changement de direction, la prépondérance passant de l'une à l'autre des deux tendances adverses. C'est pourquoi, dès que le fond des Enfers est atteint, l'ascension ou le retour vers le principe commence, succédant immédiatement à la descente ; et le passage de l'un à l'autre hémisphère se fait en contournant le corps de Lucifer, d'une façon qui donne à penser que la

---

[93] *Inferno*, XXXIV, 110-111.

considération de ce point central n'est pas sans avoir certain rapport avec les mystères maçonniques de la « Chambre du Milieu », où il s'agit également de mort et de résurrection. Partout et toujours, nous retrouvons pareillement l'expression symbolique des deux phases complémentaires qui, dans l'initiation ou dans le « Grand Œuvre » hermétique (ce qui n'est au fond qu'une seule et même chose), traduisent ces mêmes lois cycliques, universellement applicables, et sur lesquelles, pour nous, repose toute la construction du poème de Dante.

CHAPITRE IX
ERREUR DES INTERPRETATIONS SYSTÉMATIQUES

Certains penseront peut-être que cette étude pose encore plus des questions qu'elle n'en résout, et, à vrai dire, nous ne saurions protester contre une semblable critique, si toutefois c'en est une ; mais ce ne peut en être une que de la part de ceux qui ignorent combien la connaissance initiatique diffère de tout savoir profane. C'est pourquoi, dès le début, nous avons eu soin d'avertir que nous n'entendions point donner un exposé complet, car la nature même du sujet nous interdisait une semblable prétention ; et, d'ailleurs, tout se tient tellement dans ce domaine, qu'il faudrait assurément plusieurs volumes pour développer comme elles le mériteraient les questions multiples auxquels nous avons fait allusion au cours de notre travail, sans parler de toutes celles que nous n'avons pas eu l'occasion d'envisager, mais que ce développement, si nous voulions l'entreprendre, introduirait à leur tour inévitablement.

En terminant, nous dirons seulement, pour que personne ne puisse se méprendre sur nos intentions, que les points de vue que nous avons indiqués ne sont nullement exclusifs, et qu'il en est sans doute encore bien d'autres auxquels on pourrait se placer également et dont on tirerait des conclusions non moins importantes, tous ces points de vue se complétant en parfaite concordance dans l'unité de la synthèse totale. Il est de l'essence même du symbolisme initiatique de ne pouvoir se réduire à des formules plus ou moins étroitement systématiques, comme celles où se complaît la philosophie profane ; le rôle des symboles est d'être le support de conceptions dont les possibilités d'extension sont véritablement illimitées, et toute expression n'est elle-même qu'un symbole ; il faut donc toujours réserver la part de l'inexprimable, qui est même, dans l'ordre de la métaphysique pure, ce qui importe le plus.

Dans ces conditions, on comprendra sans peine que nos prétentions se bornent à fournir un point de départ à la réflexion de ceux qui, s'intéressant vraiment à ces études, sont capables d'en comprendre la portée réelle, et à leur indiquer la voie de certaines recherches dont il nous semble qu'on pourrait tirer un profit tout particulier. Si donc ce travail avait pour effet d'en susciter d'autres dans le même sens, ce seul résultat serait loin d'être négligeable, d'autant plus que, pour nous, il ne s'agit point là d'érudition plus ou moins vaine, mais de compréhension vraie, et ce n'est sans doute que par de tels moyens qu'il sera possible quelque jour de faire sentir à nos contemporains l'étroitesse et l'insuffisance de leurs conceptions habituelles. Le but que nous avons ainsi en vue est peut-être bien lointain, mais nous ne pouvons pourtant nous empêcher d'y penser et d'y tendre, tout en contribuant pour notre part, si faible soit-elle, à apporter quelque lumière sur un côté trop peu connu de l'œuvre de Dante.

PRÉFACE 3

CHAPITRE I : SENS APPARENT ET SENS CACHÉ 11

CHAPITRE II : LA « FEDE SANTA » 14

CHAPITRE III : RAPPROCHEMENTS MAÇONNIQUES ET HERMÉTIQUES 18

CHAPITRE IV : DANTE ET LE ROSICRUCIANISME 27

CHAPITRE V : VOYAGES EXTRATERRESTRES DANS DIFFÉRENTES TRADITIONS 33

CHAPITRE VI : LES TROIS MONDES 38

CHAPITRE VII : LES NOMBRES SYMBOLIQUES 42

CHAPITRE VIII : LES CYCLES COSMIQUES 49

CHAPITRE IX : ERREUR DES INTERPRETATIONS SYSTÉMATIQUES 59

Disponible dans la collection

Les Atemporels

— **Le Roi du monde** de René Guénon
Préfacé par Pénélope Morin

— **1984** de George Orwell
Préfacé par Jean-David Haddad
Traduit par Clémentine Vacherie

— **La ferme des animaux** de George Orwell
Préfacé et traduit par Aïssatou Thiam

— **Psychologie des foules** de Gustave Le Bon
Préfacé par Benoist Rousseau

— **Le livre des esprits**
Préfacé par Yoann Laurent-Rouault

— **Le livre des médiums** d'Allan Kardec
Préfacé par Amélie Galiay

— **Les paradis artificiels** de Charles Baudelaire
Préfacé par Yoann Laurent-Rouault

— **La crise du monde moderne** de René Guénon
Préfacé par Jean-David Haddad

Suivez **JDH Éditions** sur les réseaux sociaux
pour en savoir plus sur les auteurs, les nouveautés, les projets…

Découvrez notre boutique en ligne sur
www.jdheditions.fr